KB015288

한국이 낳은 시성 서정주

# 질마재로 돌아가다

# 질마재로 돌아가다

초판 1쇄 발행일 2014년 4월 29일
초판 2쇄 발행일 2019년 5월 27일

지은이 | 서정주
펴낸이 | 김순일
펴낸곳 | 미래문화사
등록 번호 | 제2014-000151호
등록 일자 | 1976년 10월 19일
주소 | 경기도 고양시 덕양구 고양대로 1916번길 50 스타캐슬 3동 302호
전화 | 02-715-4507, 02-713-6647
팩스 | 02-713-4805
이메일 | mirae715@hanmail.net
블로그 | blog.naver.com/miraepub

ISBN 978-89-7299-425-1  03810

- 미래문화사에서 여러분의 원고를 기다립니다.
  단행본 원고를 mirae715@hanmail.net으로 보내주세요.
- 저작권법에 따라 보호받는 저작물이므로 저작권자와 출판사의 서면 동의 없이
  내용의 전부 또는 일부를 인용, 발췌하는 것을 금합니다.
- 잘못 만들어진 책은 구입하신 곳에서 바꾸어 드립니다. 책값은 뒤표지에 있습니다.

미래시선 100

# 질마재로 돌아가다

서정주

미래문화사

눈물 아롱아롱
피리 불고 가신 님의 밟으신 길은
진달래 꽃비 오는 서역 삼만리.
흰 옷깃 여며 여며 가옵신 님의
다시 오진 못하는 파촉 삼만리.

－〈귀촉도〉에서

▲ 생전에 담소하시던 서정주 선생님과 임종대 님

# 시성 미당을 그리며

벌써 몇 년 전 이야기다.

"선생님, 제게 시집 원고를 한 권 주십시오."

"요즘에 니르바나에 대해 시를 쓸 생각인데 그 시를 줌세."

"선생님, 꼭 그 시를 저에게 주십시오."

"헌데 시가 어려워 장사가 안 될 걸세."

"그래도 저에게 출판을 허락해 주십시오."

그리고 1년 여의 시간이 흐른 뒤 팔순 잔치 석상에서 선생님을 뵙게 되었다.

"선생님 전데요, 니르바나 시는 얼만큼 쓰셨습니까?"

"허허, 그거 생각을 접어놓고 있는데……."

"그럼 선시집이라도 허락해 주십시오. 부탁드립니다."

그때 장인성 시인이 옆에서 말을 거들었다.

"임 사장 착실하게 출판을 잘 하고 있습니다. 아마 책을 깔끔하게 만들 겁니다."

이렇게 해서 승낙을 받고 인사를 드렸는데 끝내 이 책을 보시지 못하신 채 질마재로 돌아가시게 되었다. 한국이 낳은 시성 서정주 님은 영원히 국화 옆에 서 계신다. 구수하게 들려 주시던 국민 시인의 이야기를 이제 들을 수 없게 되었다. 남긴 작품을 통해 니르바나의 세계, 열반에 드신 뜻을 읽어야만 된다.

시성 미당이 누운 질마재를 다녀온 뒤 이 시집의 출간을 보게 되어 아쉬운 마음 금할 길이 없다.

2000년 12월에

차례

8

제 *3*부

질마재의 노래

제 *4*부

마
지
막

남
은

것

내 기다림은 끝났다.
내 기다리던 마지막 사랑이
이 대추 굽이를 넘어간 뒤
인젠 내게는 기다릴 사람이 없으니.

*1*

푸르른 날

# 푸르른 날

눈이 부시게 푸르른 날은
그리운 사람을 그리워하자

저기 저기 저, 가을 꽃 자리
초록이 지쳐 단풍 드는데

눈이 나리면 어이 하리야
봄이 또 오면 어이 하리야

내가 죽고서 네가 산다면!
네가 죽고서 내가 산다면?

눈이 부시게 푸르른 날은
그리운 사람을 그리워하자.

# 행진곡

잔치는 끝났더라. 마지막 앉아서 국밥들을 마시고
빠알간 불 사루고,
재를 남기고,

포장을 걷으면 저무는 하늘.
일어서서 주인에게 인사를 하자

결국은 조끔씩 취해가지고
우리 모두 다 돌아가는 사람들

모가지여
모가지여
모가지여
모가지여

멀리 서 있는 바닷물에선
난타하여 떨어지는 나의 종소리.

# 기도·1

　저는 시방 꼭 텅 빈 항아리 같기도 하고, 또 텅 빈 들녘 같기도 합니다. 하늘이여 한동안 더 모진 광풍을 제 안에 두시든지, 날으는 몇 마리의 나비를 두시든지, 반쯤 물이 담긴 도가니와 같이 하시든지 마음대로 하소서. 시방 제 속은 꼭 많은 꽃과 향기들이 담겼다가 비어진 항아리와 같습니다.

# 팔월이라 한가윗날 달이 뜨걸랑

팔월이라 한가윗날 달이 뜨걸랑,
무엇을 하다가 이겼다는 자들이여
그 이긴 기쁨만에 취하들 말고,
그들에게 져서 우는 자들의
설움을 또 같이 서러워할 줄 알라.

그리고 무얼 하다가 졌다는 자들이여
찌푸려져 웅크리고 앉았기보다는
일어서서 노래 불러 춤출 줄을 알아라.

서럽고도 또 안 서러울 수 있는 자여
한가윗날 달빛은 더 너희들 편이어니.

신라의 옛날에도 한가위 달이 뜨면
옷감 짜기 내기 하던 여인네들도
진 편이 먼저 일어 춤과 노래 일렁였고,
달빛에 맞추어 선 진 자들을 윗자리에,
진 자들을 윗자리에 모셔 두고 있었나니……

# 기다림

내 기다림은 끝났다.
내 기다리던 마지막 사람이
이 대추 굽이를 넘어간 뒤
인젠 내게는 기다릴 사람이 없으니,

지나간 소만小滿의 때와 맑은 가을날들을
내 이승의 꿈잎사귀, 보람의 열매였던
이 대추나무를
인제는 저승 쪽으로 들이밀거나.
내 기다림은 끝났다.

# 가을에

오게
아직도 오히려 사랑할 줄을 아는 이.
쫓겨나는 마당귀마다, 푸르고도 여린
문들이 열릴 때는 지금일세.

오게
저속低俗에 항거하기에 여울지는 자네.
그 소슬한 시름의 주름살들 그대로 데리고
기러기 앞서서 떠나가야 할
섧게도 빛나는 외로운 안행雁行―이마와 가슴으로 걸어
야 하는
가을 안행이 비롯해야 할 때는 지금일세.

작년에 피었던 우리 마지막 꽃―국화꽃이 있던 자리.
올해 또 새것이 자넬 달래 일어나려고
백로白露는 상강霜降으로 우릴 내리모네.

오게
지금은 가다듬어진 구름.
헤매고 뒹굴다가 가다듬어진 구름은
이제는 양귀비의 피비린내 나는 사연으로 우릴 가로
막지 않고,

휘영청한 개벽은 또 한번 뒷문으로부터
우릴 다지려
아침마다 그 서리 묻은 얼굴들을 추켜들 때일세.

오게
아직도 오히려 사랑할 줄을 아는 이.
쫓겨나는 마당귀마다, 푸르고도 여린
문들이 열릴 때는 지금일세.

# 일요일이 오거든

일요일이 오거든
친구여
인제는 우리 눈 아주 다 깨어서
찾다가 놓아 둔
우리 아직 못 찾은
마지막 골목길을 찾아가 볼까

거기 잊혀져 걸려 있는 사진이
오래오래 사랑하고 살던
또 다른 사진들도 찾아가 볼까

일요일이 오거든
친구여
인제는 우리 눈 아주 다 깨어서
차라리 맑은 모랫벌 위에
피어 있는 해당화 꽃같이 될까

우리 하늘의 분홍불 부치고 서서
이 분홍불의 남는 것은
또 모래알들에게나 줄까

일요일이 오거든

친구여
심청이가 인당수로 가던 길도,
춘향이가 다니던
우리 아직 안 가본 골목도
찾아가 볼까

일요일이 오거든
친구여
인제는 우리 눈 아주 다 깨어서
찾다 찾다 놓아 둔
우리 아직 못 찾은
마지막 골목들을 찾아가 볼까.

# 가만한 꽃

세가 되어서 날아가거나
구름으로 떴다가 비 되어 오는 것도
마음아 인제는 모두 다 거두어서
가도 오도 않는 우물로나 고일까
우물보단 더 가만한 한 송이 꽃일까.

# 망향가

회갑 되니 고향에 가 살고 싶지만
고향 위에 아무 것도 하지 못한 나
고향 마을 건너 뵈는 나룻가에 와
해 어스럼 서성이다 되돌아가네.

고향으로 흐르는 물―장수강 강물
삼천리를 깁더 올라 언덕 솔밭에
눈썹 달에 생각하네 '요만큼이면
망향 초막 지어도 될 것이냐'고…….

# 신년 유감

달러 값은 해마다 곱절씩 오리고
원화 값도 해마다 곱절씩 내리고
우리 월급 값도 해마다 반값으로 깎이어
너절하게 아니꼽게 허기지게만 사는 것도 괜찮다.

사랑
언약
교통交通
그런 것들의 효과마저도 해마다 반값으로 줄이어
내가 너와 거래하는 일마저도
모두 다 오다가다 중간쯤에서 그만두어 버리는 것도
또한 괜찮다.

중간도 어렵거든
사분지 일쯤에서
팔분지 일쯤에서
작파해 버리는 것도 물론 괜찮다.
어차피 맴돌다 날아오르는 회오리바람.
가벼이 땅 디디어 몸부림치다 날아오르는 회오리

바람
회오리바람의 걸음이라면

일어선 자리가 바로 저승인들 어떤가?

그렇지만
어찌할꼬?
어찌할꼬?
너와 내가 까 놓은
저 어린것들은 어찌할꼬?

아직 서지도 걷지도 모국어도 바로 모르는
저 깡그리 까 놓은
저 애숭이것들을 어찌할꼬?

스무 살부터 일흔여든까지의
우리 성인 한 대代쯤이야 공거라도 무엇이라도 괜찮다.
그렇지만
너하고 내가 깐 저 어린것들
우리보다도 더 공것이 되면 어찌할꼬?

# 진영이 아재 화상畵像

우리 마을 진영이 아재 쟁기질 솜씬
예쁜 계집애 배 먹어 가듯
예쁜 계집애 배 먹어 가듯
안개 헤치듯, 장갓길 가듯,

샛별 동곳 밑 구레나룻은
싸리밭마냥으로 싸리밭마냥으로.
앞마당 뒷마당 두루 쓰시는
아주먼네 손 끝에 싸리비마냥으로.

수박꽃 피어 수박 때 되면
소스리바람 위 원두막같이,
숭어가 자라서 숭어 때 되면
숭어 뛰노는 강물과 같이,

당산나무 밑 놓고 고누는,
늙은이 젊은 애 다 훈수 대어
어깨 너머 기우뚱 놓고 고누는
낱낱이 뚜렷이 칠성판 같더니.

*동곳: 상투가 풀어지지 않게 꽂는 물건.
*고누: 땅이나 종이 위에 말밭을 그려 놓고 두 편으로 나누어 말을 많이 따거나
　말길을 막는 것을 다투는 유희의 한 가지.

# 돌 미륵에 눈 내리네

돌 미륵에 눈 내리네, 임자도 오게.
병풍 속에 그린 닭이 홰를 치면서
울어도 울어도 못 오겠다던
임자, 임자, 어허이, 임자도 오게.

돌 미륵에 눈 내리네, 임자도 오게.
섬돌에 난 봉사꽃이 봉우리 터서
피어도 피어나도 안 오겠다던
임자, 임자, 어허이, 임자도 오게.

# 도미都彌네의 떠돌잇길의 노래

왕이란 놈이 내 사내의 두 눈깔을 빼
으시깡캄 장님을 만들어 내서
끌어내 배에 태워 강에 띄우곤,
내 손목 부여잡고 자자고 했네.

에그머니 이래서야 어디 쓰겠나?
'월경 있다' 거짓말로 버물어 두고,
강물에 뜬 내 사내 찾아서 갔네.
내 눈으로 지켜 가며 떠돌아 보려.

그래서 장님 남편 손을 이끌고
개나라 돼지나라 다 돌아봤네만
오래 두고 발 붙일 곳 보이질 않아
밤낮으로 숨어숨어 떠돌아 갔네.

그러다가 우리 죽어 귀신 돼서도
이게 나어 이 떠돌이어 하네만
웬일인가 세월은 가고 또 가고
우리 뒤에 떠돌이 늘어만 가니?

그런데 요사이는 둘이 아니라
장님 된 사낼랑은 뒤에 놔두고

혼자서만 떠도는 여자 많다니
이것이 도미네의 설움이로군.


*도미네는 백제 개루왕 때의 미녀.

# 아버지의 밥숟갈

아버지가 들고 계시던 저녁 밤상 머리에서
나를 보시자 떨구시던 그 밥숟갈.
정그렁 소리내며 떨어지던 밥숟갈.
광주학생사건 2차년도 주모主謀로
학교에서 퇴학당하고 감옥에 끌려간 내가
해어름에 돌아와 엎드려 절을 하자
저절로 떨어져 내리던 아버지의 밥숟갈.
……그래서 나는 또
아버지가 끼니밥도 제대로는 못 먹게 하는
대불효大不孝의 자격을 또 하나 더 얻었다.

# 넝마주이가 되어

열여덟 살 때 가을에 나는 한 넝마주이가 되어
무거운 구덕을 등에다 메고
서울의 쓰레기통들을 뒤지고 다녔네.
이것 한 가지나 마지막 할 일인가 싶어
이 구석 저 골목 두루 뒤져 다녔네.

하루종일 주운 걸 팔아도
이십 전밖에 안 되는 날은
아침은 오 전짜리 시래기국밥,
점심도 오 전짜리 호떡 한 개,
저녁만 제일 비싼 십 전짜리 밥을 사 먹었네.

정동의 영국 공관 뒤 풀밭에서 쉬노라니,
분홍빛 장미 같은 앵키 소녀가 지나가며
유심히 보고는 얕잡아 외면하는 눈초리.
그것에는 부끄럼도 화끈히 솟으며……

그래도 일본인 집 쓰레기통에서는
쓰다 버린 그 유담뿌라는 것도 하나 주워서
범부 선생에게 선사도 했었지.

범부는 그걸 받고 시를 하나 썼는데

'······쓰레기통 기대어 앓는 잠꼬대를
피리 소리는 갈수록 자지러져······'
그런 구절도 끼어 있었네.


*유담뿌: 일본인들이 그들의 온돌 아닌 냉방에서 잘 때 더운 물을 담아서 안고
자는 용기.
*범부 선생: 소설가 김동리 씨의 큰형님. 나이는 동리나 나의 아버지뻘이 되던
분으로 지금은 고인이지만 동양사상에 정통한 철인이었다. 물론 나는 이 넝마
주이 행각도 그 불성실한 것이 자각되자 사흘 만에 이내 치워 버렸다.

# 성인 선언

반 안에서 시계를 잃어버린 학생이 있어,
"누가 훔쳤나?"
이 학생 저 학생 눈칠 보고 있더래도
점잖게 가만히만 있으면 다 되는 것인데,
나는 그 눈치 보기가 나를 스치는 걸 보고는
참지 못해 가슴에서 열이 북받쳐
"밖으로 나가자!"고
그 시계 잃은 권력가를 끌고 나갔다.
그러고는 목청을 다해
"이놈아! 잘못해서 잃었으면 잃었지
어쩌자고 누굴 모다 의심해야 해?"
햇볕에서 고래고래 소리치고 있었다.
그래서 그 뒤부터 어떤 학생들은
"이상한 놈이다. 제가 안 훔쳤으면 그만이지
무엇이 저려서 그 꼬락서니야?"
의심하는 눈초리로 나를 보게 됐는데
아마 이 혐의는 영원할 것이다.
하여간에 이때의 이 선언 하나가
내가 처음으로 성인 되던 해
사각모 쓰고 뱉어낸 맨 처음 것이다.

# 나의 결혼

"우물가에서 김칫거리를 씻고 있는 그애를
사랑방에서 생솔가지 울타리 사이로 보아하니
어떻게나 찬찬히는 고부라져 씻는지
어떻게나 거듭거듭 깨끗이는 씻는지
그만하면 쓰겠어서 정혼해 버렸다.
그러니 아뭇소리 말고 장가들 작정을 해라"
내 아버지는 내 안 가음을 이렇게 고르셔서,

그것이 맞나 안 맞나를 점치기 위해
나는 화투로 패를 한번 떼어 봤더니
공산空山 넉 장도 자알 맞아 떨어지고,
홍싸리 넉 장도 또 잘 맞아 떨어졌노라.
공산달은 님이요, 홍싸리는 뚜쟁이니,
이 색시를 얻으라는 괘가 분명했노라.
국화 넉 장 술이니, 단풍 넉 장 근심도
한꺼번에 떨어지긴 떨어졌지만
이거야 어디서나 재기중在基中인 것이고……
하여, 장가드는 날 나귀 등에서 느껴 보자니
과학이니 연애결혼이니 무어니 보다도
요것이 아무래도 상급생만 같았노라.

*나의 이 결혼식은 1938년 3월, 즉 내 나이 스물세 살 때 첫봄에 있었다.

# 하늘이 싫어할 일을 내가 설마 했겠나

연애 지상주의파의 한 노처녀가
사내인 그대의 사십대 후반기쯤에 나타나서
"나는 줄곧 당신을 혼자서 사모해 왔거든요"
한다면,
그러고 또 그대가 이미 처자를 거느린 가장이라면,
이거 이런 경우엔 어떻게 하면 좋지?

'너 좋알라 나 좋알라' 받아들여서
사람들 눈 피해서 붙고 노는가
아니면 '참아라 참아라 참아라'하며
멀찌감치 피해서 살아가는가

우연처럼 참 우연처럼 꼭 한번
내게도 이 시험이 사십대 후반에 왔었다.
그러나 그 결과는 침묵함이 좋겠다.
'너 좋알라 나 좋알라'였대면
욕과 팔매질이 뒤따를 게고,
'참으세요 참으세요' 근면했대도
'짜식 참 되게는 깨끗한 체라고……'
어쩌고저쩌고 믿지도 안 할 테니……

공자가 이 경우에 써먹으시던 말씀—

'하늘이 싫어할 일을 내가 설마 했겠나'
그거나 습용襲用하며 침묵함이 좋겠다.

# 진갑의 박사학위와 노모

나는 무에 두루 늦기만 한 운수라
삼십 년을 대학에서 강의하고도
환갑에도 그 흔한 박사도 못했는데
진갑에사 그게 하나 차례는 왔네만
내가 이미 중성도 넘게 여성적이 다 되어 그런지
숙명여자대학교란 데서 겨우 하나
그걸 얻게 되었네.

'이 세상에서 이걸 제일 좋아할 이가 누굴까'고
고것을 가만히가만히 생각해 보니
아무래도 그건 갓 구십의 내 편모片母일 것이어서
난생 첨으로 한번 효도도 해볼 겸
보재기에 그 박사 모자와 가운을 싸들고
어머니 앞에 가서 그걸 한번 쓰고 입어 보이고,
또 그걸 어머니께도 씌워 드리고 입혀 드렸네.

그랬더니 어머니는 내겐 처음의 존대말로
"우리 서박사님 어서 오시오" 하시었네.

시인이 무엇인지는 전혀 모르면서도
박사라는 그것은 어찌 들어 아셨는지
"우리 우리 서박사님이요" 하시며 무척 좋아 하셨네.

# 자화상

애비는 종이었다. 밤이 깊어도 오지 않았다.
파뿌리같이 늙은 할머니와 대추꽃이 한주 서 있을 뿐이
었다. 어매는 달을 두고 풋살구가 꼭 하나만 먹고 싶다 하
였으나 흙으로 바람벽한 호롱불 밑에
손톱이 까만 에미의 아들.
갑오년이라든가 바다에 나가서는 돌아오지 않는다 하는
외할아버지의 숱 많은 머리털과
그 커다란 눈이 나는 닮았다 한다.
스물세 해 동안 나를 키운 건 팔할八割이 바람이다.
세상은 가도가도 부끄럽기만 하더라
어떤 이는 내 눈에서 죄인을 읽어 가고
어떤 이는 내 입에서 천치天痴를 읽고 가나
나는 아무 것도 뉘우치진 않을란다.

찬란히 티워 오는 어느 아침에도
이마 위에 얹힌 시의 이슬에는
몇 방울의 피가 언제나 섞여 있어
볕이거나 그늘이거나 혓바닥 늘어뜨린 병든 수캐마냥 헐
떡거리며 나는 왔다.

# 화사花蛇

사향麝香 박하薄荷의 뒤안길이다.
아름다운 배암…….
얼마나 커다란 슬픔으로 태어났기에, 저리도 징그러운
몸뚱어리냐

꽃다님 같다.
너의 할아버지가 이브를 꼬여내던 달변의 혓바닥이
소리 잃은 채 낼룽거리는 붉은 아가리로
푸른 하늘이다. ……물어뜯어라. 원통히 물어뜯어.

달아나거라. 저놈의 대가리!

돌팔매를 쏘면서, 쏘면서, 사향 방초길
저놈의 뒤를 따르는 것은
우리 할아버지의 아내가 이브라서 그러는 게 아니라
석유 먹은 듯…… 석유 먹은 듯…… 기쁜 숨결이야
바늘에 꿰어 두를까 보다. 꽃다님보다도 아름다운
빛……
클레오파트라의 피 먹은 양 붉게 타오르는
고운 입술이다.
스며라! 배암
우리 순네는 스물 난 색시, 고양이같이 고운 입술……
스며라! 배암.

# 문둥이

해와 하늘 빛이
문둥이는 서러워

보리밭에 달 뜨면
애기 하나 먹고

꽃처럼 붉은 울음을 밤새 울었다.

# 벽壁

덧없이 바라보던 벽에 지치어
불과 시계를 나란히 죽이고

어제도 내일도 오늘도 아닌
여기도 저기도 거기도 아닌

꺼져드는 어둠 속 반딧불처럼 까물거려
정지한 '나'의
'나'의 설움은 벙어리처럼…….

이제 진달래꽃 벼랑 햇볕에 붉게 타오르는 봄날이 오면
벽 차고 나가 목매어 울리라! 벙어리처럼,
오— 벽아.

# 단편斷片

바람뿐이더라. 밤하고 서리하고 나 혼자뿐이더라.

걸어가자, 걸어가 보자, 좋게 푸른 하늘 속에 내피어 익는가. 능금같이 익어서는 떨어지는가.

오— 그 아름다운 날은…… 내일인가, 모렌가 내맹년인가.

# 문

밤에 홀로 눈뜨는 건 무서운 일이다
밤에 홀로 눈뜨는 건 괴로운 일이다
밤에 홀로 눈뜨는 건 위태한 일이다


아름다운 일이다. 아름다운 일이다. 왕망王莽한 폐허에
꽃이 되거라!
시체 위에 불써 일어나야 할, 머리털이 흔들흔들 흔들
리우는,
오— 이 시간, 아까운 시간


피와 빛으로 해일海溢한 신위神位에
폐와 발톱만 남겨 놓고는
옷과 신발을 벗어 던지자.
집과 이웃을 이별해 버리자.


오— 소녀와 같은 눈동자를 그득히 뜨고
뉘우치지 않는 사람, 뉘우치지 않는 사람아!
가슴속에 비수 감춘 서릿길에 타며 타며


오너라, 여기 지혜의 뒤안 깊이
비장한 네 형극의 문이 운다.

# 부 활

　내 너를 찾아왔다…… 유나兪娜. 너 참 내 앞에 많이 있구
나. 내가 혼자서 종로를 걸어가면 사방에서 네가 옷고 오
는구나. 새벽닭이 울 때마다 보고 싶었다…… 내 부르는
소리 귓가에 들리더냐. 유나, 이것이 몇만 시간 만이냐.
그날 꽃상부喪阜 산 넘어서 간 다음 내 눈동자 속에는 빈
하늘만 남더니, 매만져 볼 머리카락 하나 머리카락 하나
없더니, 비만 자꾸 오고…… 촉燭불밖에 부흥이 우는 돌문
을 열고 가면 강물은 또 몇천 린지, 한번 가선 소식 없던
그 어려운 주소에서 너 무슨 무지개로 내려왔느냐. 종로
네거리에 뿌우여니 흩어져서, 뭐라고 조잘대며 햇볕에 오
는 애들. 그중에도 열아홉 살쯤 스무 살쯤되는 애들. 그들
의 눈망울 속에, 핏대에, 가슴속에 들어 앉아 유나! 유나!
유나! 너 인제 모두 다 내 앞에 오는구나.

내 그대를 사랑하는 마음은
이것은 차마 벌써 말씀도 아닌,
말씀이 아닐 것도 인제는 없는
구름 없는 하늘에 가 살고 있어요

*2*

# 국화 옆에서

# 꽃

가신 이들의 헐덕이던 숨결로
곱게 곱게 씻기운 꽃이 피었다.

흐트러진 머리털 그냥 그대로,
그 몸짓 그 음성 그냥 그대로,
옛사람의 노래는 여기 있어라.

오— 그 기름 묻은 머리박 낱낱이 더워
땀 흘리고 간 옛 사람들의
노래 소리는 하늘 위에 있어라.

쉬어 가자 벗이여 쉬어 가자
여기 새로 핀 크낙한 꽃그늘에
벗이여 우리도 쉬어서 가자

만나는 샘물마다 목을 축이며
이끼 낀 바윗돌에 턱을 고이고
자칫하면 다시 못 볼 하늘을 보자.

# 견우의 노래

우리들의 사랑을 위하여서는
이별이, 이별이 있어야 하네

높았다, 낮았다, 출렁이는 물살과
물살 몰아갔다 오는 바람만이 있어야 하네.

오— 우리들의 그리움을 위하여서는
푸른 은하물이 있어야 하네.

돌아서는 갈 수 없는 오롯한 이 자리에
불타는 홀몸만이 있어야 하네!

직녀여, 여기 번쩍이는 모래밭에
돋아나는 풀싹을 나는 세이고……

허이언 허이언 구름 속에서
그대는 베틀에 북을 놀리게.

눈썹 같은 반달이 중천에 걸리는
칠월 칠석 돌아오기까지는,

검은 암소를 나는 먹이고
직녀여, 그대는 비단을 짜세.

# 석굴암 관세음의 노래

그리움으로 여기 섰노라
호수와 같은 그리움으로,

이 싸늘한 돌과 돌 사이
얼크러지는 칡넌출 밑에
푸른 숨결은 내것이로다.

세월이 아조 나를 못 쓰는 티끌로서
허공에, 허공에, 돌리기까지는
부풀어오르는 가슴속에 파도와
이 사랑은 내것이로다.

오고 가는 바람 속에 지새는 나달이여.
땅 속에 파묻힌 꽃 같은 남녀들이여.

오— 생겨났으면, 생겨났으면,
나보다도 더 나를 사랑하는 이

천년을, 천년을, 사랑하는 이
새로 햇볕이 생겨났으면

새로 햇볕이 생겨나와서

어둠 속에 날 가게 했으면,

사랑한다고…… 사랑한다고……
이 한마디 말 님께 아뢰고, 나도,
인제는 바다에 돌아갔으면!

허나 나는 여기 섰노라.
앉아 계시는 석가의 곁에
허리에 쬐그만 향낭을 차고

이 싸늘한 바위 속에서
날이 날마다 들이쉬고 내쉬는
푸른 숨결은
아, 아직도 내것이로다.

# 귀촉도

눈물 아롱아롱
피리 불고 가신 님의 밟으신 길은
진달래 꽃비 오는 서역西域 삼만리.
흰 옷깃 여며여며 가옵신 님의
다시 오진 못하는 파촉巴蜀 삼만리.

신이나 삼아 줄 걸 슬픈 사연의
올올이 아로새긴 육날 메투리.
은장도 푸른 날로 이냥 베어서
부질없는 이 머리털 엮어 드릴걸.

초롱에 불빛, 지친 밤하늘
굽이굽이 은하물 목이 젖은 새,
차마 아니 솟는 가락 눈이 감겨서
제 피에 취한 새가 귀촉도 운다.
그대 하늘 끝 호홀로 가신 님아.

*육날 메투리는 신 중에서는 으뜸인 메투리 중에서도 가장 아름다운 조선의
신발이었다.

# 목 화

누님.
눈물겨웁습니다.

이, 우물물같이 고이는 푸름 속에
다수굿이 젖어 있는 붉고 흰 목화꽃은,
누님.
누님이 피우셨지요?

퉁기면 울릴 듯한 가을의 푸르름엔
바윗돌도 모두 바스러져 내리는데……

저, 마약과 같은 봄을 지내어서
저, 무지한 여름을 지내어서
질갱이풀 지슴길을 오르내리며
허리 굽흐리고 피우셨지요?

# 무등을 보며

가난이야 한낱 남루襤褸에 지나지 않는다.
저 눈부신 햇빛 속에 갈매빛의 등성이를 드러내고서
있는 여름 산 같은
우리들의 타고난 살결, 타고난 마음씨까지야 다 가릴
수 있으랴.

청산이 그 무릎 아래 지란芝蘭을 기르듯
우리는 우리 새끼들을 기를 수밖엔 없다.

목숨이 가다 가다 농울쳐 휘어드는
오후의 때가 오거든
내외들이여 그대들도
더러는 앉고
더러는 차라리 그 곁에 누워라.

지어미는 지애비를 물끄러비 우러러보고
지애비는 지어미의 이마라도 짚어라.

어느 가시덤풀 쑥구렁에 놓일지라도
우리는 늘 옥돌같이 호젓이 묻혔다고 생각할 일이요
청태靑苔라도 자욱이 끼일 일인 것이다.

*무등: 호남 광주의 산 이름

55

# 국화 옆에서

한 송이의 국화꽃을 피우기 위해
봄부터 소쩍새는
그렇게 울었나 보다

한 송이의 국화꽃을 피우기 위해
천둥은 먹구름 속에서
또 그렇게 울었나 보다.

그립고 아쉬움에 가슴 조이던
머언 먼 젊음의 뒤안길에서
인제는 돌아와 거울 앞에 선
내 누님같이 생긴 꽃이여.

노오란 네 꽃잎이 피려고
간밤에 무서리가 저리 내리고
내게는 잠도 오지 않았나 보다.

# 신 록

어이 할거나
아— 나는 사랑을 가졌어라
남몰래 혼자서 사랑을 가졌어라!

천지엔 이제 꽃잎이 지고
새로운 녹음이 다시 돋아나
또 한번 날 에워싸는데

못 견디게 서러운 몸짓을 하며
붉은 꽃잎은 떨어져 내려
펄펄펄 펄펄펄 떨어져 내려

신라 가시내의 숨결과 같은
신라 가시내의 머리털 같은
풀밭에 바람 속에 떨어져 내려

올해도 내 앞에 흩날리는데
부르르 떨며 흩날리는데……

아— 나는 사랑을 가졌어라
꾀꼬리처럼 울지도 못할
기찬 사랑을 혼자서 가졌어라.

# 춘향 유문春香 遺文
-춘향의 말3


안녕히 계세요
도련님.

지난 오월 단오날, 처음 만나던 날
우리 둘이서 그늘 밑에 서 있던
그 무성하고 푸르던 나무같이
늘 안녕히 안녕히 계세요.

저승이 어딘지는 똑똑히 모르지만
춘향의 사랑보단 오히려 더 먼
딴 나라는 아마 아닐 것입니다.

천길 땅 밑을 검은 물로 흐르거나
도솔천의 하늘을 구름으로 날더라도
그건 결국 도련님 곁 아니어요?

더구나 그 구름이 소나기 되어 퍼부을 때
춘향은 틀림없이 거기 있을 거여요.

*도솔천: 불교의 욕계 6천의 제4천

# 나의 시

어느 해 봄이던가, 머언 옛날입니다.

나는 어느 친척의 부인을 모시고 성안 동백꽃 나무 그늘에 와 있었습니다.

부인은 그 호화로운 꽃들을 피운 하늘의 부분이 어딘가를 아시기나 하는 듯이 앉아 계시고, 나는 풀밭 위에 흥근한 낙화가 안쓰러워 주워 모아서는 부인의 펼쳐든 치마폭에 갖다 놓았습니다.

쉬임없이 그 짓을 되풀이하였습니다.

그 뒤 나는 연년히 서정시를 썼습니다. 그것은 모두가 그때 그 꽃들을 주워다가 드리던— 그 마음과 별로 다름이 없었습니다.


그러나 인제 웬일인지 나는 이것을 받아 줄 이가 땅 위엔 아무도 없음을 봅니다.

내가 주워 모은 꽃들은 저절로 내 손에서 땅 위에 떨어져 구르고 또 그런 마음으로밖에는 내 시를 쓸 수가 없습니다.

# 광화문

　북악北岳과 삼각三角이 형과 누이처럼 서 있는 것을 보고
가다가

　형의 어깨 뒤에 얼굴을 들고 있는 누이처럼 서 있는
것을 보고 가다가
　어느새인지 광화문 앞에 다다랐다.

　광화문은
　차라리 한 채의 소슬한 종교.
　조선 사람은 흔히 그 머리로부터 왼 몸에 사무쳐 오는
빛을
　마침내 버선코에서까지도 떠받들어야 할 마련이지만,
　왼 하늘에 넘쳐 흐르는 푸른 광명을
　광화문 ―저같이 의젓이 그 날갯죽지 위에 싣고 있는
자도 드물다.
　상하 앙층의 지붕 위에
　그득히 그득히 고이는 하늘.
　위층에 것은 드디어 치일치일 넘쳐라도 흐르지만,
　지붕과 지붕 사이에는 신방 같은 다락이 있어
　아래층에 것은 그리로 왼통 넘나들 마련이다.

　옥같이 고우신 이

그 다락에 하늘 모아
사시라 함이럿다.

고개 숙여 성 옆을 더듬어 가면
시정市井의 노랫소리도 오히려 태고 같고

문득 치켜든 머리 위에선
낮달도 파르르 떨며 흐른다.

# 상리과원上里果園

꽃밭은 그 향기만으로 볼진대 한강수나 낙동강 상류와도 같은 융륭隆隆한 흐름이다. 그러나 그 낱낱의 얼굴들로 볼진대 우리 조카딸년들이나 그 조카딸년들의 친구들의 웃음판과도 같은 굉장히 즐거운 웃음판이다.

세상에 이렇게도 타고난 기쁨을 찬란히 터뜨리는 몸뚱아리들이 또 어디 있는가. 더구나 서양에서 건너온 배나무의 어떤 것들은 머리나 가슴패기뿐만이 아니라 배와 허리와 다리, 발꿈치까지도 이쁜 꽃송아리들을 달았다. 맵새, 참새, 때까치, 꾀꼬리, 꾀꼬리 새끼들이 조석으로 이 많은 기쁨을 대신 읊조리고, 수십만 꿀벌들이 왼종일 북 치고 소고 치고 마짓굿 울리는 소리를 하고, 그래도 모자라는 놈은 더러 그 속에 묻혀 자기도 하는것은 참으로 당연한 일이다.

우리가 이것들을 사랑하려면 어떻게 했으면 좋겠는가. 묻혀서 누워 있는 못물과 같이 저 아래 저것들을 비추고 누워서, 때로 가냘프게도 떨어져내리는 저 어린것들의 꽃잎사귀들을 우리 몸 위에 받아라도 볼 것인가. 아니면 머언 산들과 나란히 마주 서서,

이것들의 아침의 유두분면油頭粉面과, 한낮의 춤과 황혼의 어둠 속에 이것들이 찾아들어 돌아오는 ─아스라한 침잠沈潛이나 지킬 것인가.

하여간 이 하나라도 서러울 것이 없는 것들 옆에서, 또 이것들을 서러워하는 미물 하나도 없는 곳에서, 우리는 섣불리 우리 어린것들에게 설움 같은 걸 가르치지 말일이다. 저것들을 축복하는 때까치의 어느 것, 비비새의 어느 것, 벌 나비의 어느 것, 또는 저것들의 꽃봉오리와 꽃송아리의 어느 것에 대체 우리가 항용 나직이 서로 주고받는 슬픔이란 것이 깃들어 있단 말인가.

　이것들의 초밤에의 완전 귀소歸巢가 끝난 뒤, 어둠이 우리와 우리 어린것들과 산과 냇물을 까마득히 덮을 때가 되거든 우리는 차라리 우리 어린것들에게 제일 가까운곳의 별을 가리켜 보일 일이요, 제일 오래인 종소리를 들릴 일이다.

# 다섯 살 때

　내가 고독한 자의 맛에 길든 건 다섯 살 때부터다.

　부모가 웬일인지 나만 혼자 집에 떼놓고 온종일을 없던 날, 마루에 걸터앉아 두 발을 동동거리고 있다가 다듬잇 돌을 베고 든 잠에서 깨어났을 때 그것은 맨 처음으로 어느 빠지기 싫은 바닷물에 나를 끄집어들이듯 이끌고 갔다. 그 바닷속에서는, 쑥국새라든가 —어머니한테서 이름만 들은 형체도 모를 새가 안으로 안으로 안으로 초파일 연등 밤의 초록 등불 수효를 늘여 가듯 울음을 늘여 가면서 침몰해 가는 내 주의와 밑바닥에서 이것을 부채질하고 있었다.

　뛰어내려서 나는 사립문 밖 개울 물가에 와 섰다.

　아까 빠져 있던 가위눌림이 얄따라이 흑흑 소리를 내며, 여뀌풀 밑 물거울에 비쳐 잔잔해지면서, 거기 떠가는 얇은 솜구름이 또 정월 열나흗날 밤에 어머니가 해입히는 종이적삼 모양으로 등짝에 가슴패기에 선선하게 닿아 오기 비롯했다.

# 무제無題·1

하여간 난 무언지 잃긴 잃었다.
약질의 체구에 맞게
무슨 됫박이나 하나 들고
바닷물이나 퍼내고 여기 있어 볼까.

별에는 도망갈 구멍도 없고
호주濠洲말로 마구잡이 달려간대도
끝끝내 미어지는 포장布帳도 없을 테니!
여기 내 바랜 피 같은 물들
모여 괴어 서걱이는
이것 바닷물
됫질하는 시늉이나 하고 있을까.

살 닿는 데 꾸려 온 그런 거든가.
네 손이 짧거든 내 손이 길거나
내 손이 짧거든 네 손이 길 것을,
아무리 닿으려도 닿지 않던 것인가.
하여간 난 무엇인지 잃긴 잃었다.

# 두 향나무 사이

두 향나무 사이. 걸린 해마냥
지, 징, 지, 따, 찡,
가슴아
인젠 무슨 금은의 소리라도 해 보려무나.

내 각씨閣氏는 이미 물도 피도 아니라
마지막 꽃밭 증발하여 고인
시퍼렇디 시퍼런 한 마지기 이내嵐

간대도, 간대도.
서방 금색계金色界라든가 뭣이라든가
그런 데로밖엔 쏠릴 길조차 없으니.

가슴아, 가슴아,
너같이 말라 말라 광맥鑛脈 앙상한
지, 징, 지, 따, 찡
무슨 금은의 소리라도 해 보려무나.

# 근교의 이녕泥獰 속에서

흙탕물 빛깔은
세수 않고 병들었던 날의 네 눈썹 빛깔 같다만,
이것은 썩은 뼈다귀와 살가루와 피 바랜 물의 반죽.
기술가技術家! 기술가
이것은 일행 동안 심줄을 훈련했던 것이다.
사환이었던 것, 좀도둑이었던 것, 거지였던 것,
이것은 일생 동안 눈치를 훈련했던 것이다.
안잠자기였던 것, 창부였던 것, 창부였던 것!
이것은 시방도 내가 참여하면 반드시
묻거나 튀어 박이는 기교를 가졌다.

이것 위에 씨를 뿌려 돼지를 길러
계집애를 살찌워 시집보낼까.
사내애를 먹이어 양자를 할까.
그래, 또 한 벌 도복 지어 입혀서
국립 서울대학교라도 졸업시켜서
순수파라도 만들어 놓을 터이니
꾀부리지 말아라.

# 꽃밭의 독백

−사소娑蘇 단장斷章

노래가 낫기는 그중 나아도
구름까지 갔다간 되돌아오고,
네 발굽을 쳐 달려간 말은
바닷가에 가 멎어 버렸다.
활로 잡은 산돼지, 매로 잡은 산새들에도
이제는 벌써 입맛을 잃었다.
꽃아, 아침마다 개벽하는 꽃아.
네가 좋기는 제일 좋아도,
물낯바닥에 얼굴이나 비취는
헤엄도 모르는 아이와 같이
나는 네 닫힌 문에 기대 섰을 뿐이다.
문 열어라 꽃아. 문 열어라 꽃아.
벼락과 해일海溢만이 길일지라도
문 열어라 꽃아. 문 열어라 꽃아.

*사소는 신라 시조 박혁거세의 어머니. 처녀로 잉태하여 산으로 신선수행을
 간 일이 있는데, 이 글은 그 떠나기 전, 그의 집 꽃밭에서의 독백이다.

# 동천冬天

내 마음 속 우리 님의 고운 눈썹을

즈문 밤의 꿈으로 맑게 씻어서

하늘에다 옮기어 심어 놨더니

둥지 섣달 날으는 매서운 새가

그걸 알고 시늉하며 비끼어 가네.

# 연꽃 만나고 가는 바람같이

섭섭하게,
그러나
아주 섭섭지는 말고
좀 섭섭한 듯만 하게,

이별에게,
그러나
아주 영 이별을 말고
어디 내생에서라도
다시 만나기로 하는 이별이게,

연꽃
만나러 가는
바람 아니라
만나고 가는 바람같이……

엊그제
만나고 가는 바람 아니라
한두 철 전
만나고 가는 바람같이……

# 영원은

내 영원은
물빛
라일락의
빛과 향이 길이로라.

가다 가단
후미진 구렁이 있어,
소학교 때 내 여선생님의
키만큼한 구렁이 있어,
이쁜 여선생님의 키만큼한 구렁이 있어

내려가선 혼자 호젓이 앉아
이마에 솟은 땀도 들이는
물빛
라일락의
빛과 향의 길이로라
내 영원은.

# 내 그대를 사랑하는 마음은

내 그대를 사랑하는 마음은
이것은 차마 벌써 말씀도 아닌,
말씀이 아닐 것도 인제는 없는
구름 없는 하늘에 가 살고 있어요.

햇빛의 일곱 빛깔 타고 내려와
구름 속에 묻히어 앉아 쉬다가
빗방울에 싸여서 산수유山茱萸에 내리면
산수유꽃 피어서 사운거리고

산수유 떨어져 시드시어서
구름으로 날아가 또 앉아 쉬다
프리즘의 무지개를 타고 오르면
구름 없는 하늘에서 다시 살아요.

# 눈 오시는 날

내 연인은 잠든 지 오래다.
아마 한 천년쯤 전에⋯⋯.

그는 어디에서 자고 있는지,
그 꿈의 빛만을 나한테 보낸다.

분홍, 분홍, 연분홍, 분홍,
그 봄꿈의 진달래꽃 빛깔들.

다홍, 다홍, 또 느티나무빛
짙은 여름 꿈의 소리나는 빛깔들.

그리고 인제는 눈이 오누나⋯⋯.
눈은 와서 내려 쌓이고,
우리는 저마다 뿔뿔이 혼자인데

아 내 곁에 누워 있는 여자여,
네 손톱 속에 떠오르는 초생달에
내 연인의 꿈은 또 한번 비친다.

# 저무는 황혼

새우마냥 허리 오그리고
뉘엿뉘엿 저무는 황혼을
언덕 넘어 딸네집에 가듯이
나도 인제는 잠이나 들까.

굽이굽이 등 굽은
근심의 언덕 넘어
골골이 뻗히는 시름의 잔주름뿐,
저승에 갈 노자도 내겐 없느니

소태같이 쓴 가문 날들을
역구 풀 밑 대어 오던
내 사랑의 보 또랑물
인제는 제대로 흘러라 내버려 두고

으시시히 깔리는 머언 산 그리매
홑이불처럼 말아서 덮고
엇비슷이 비껴 누워
나도 인제는 잠이나 들까.

# 선운사 동구洞口

선운사 고랑으로
선운사 동백꽃을 보러 갔더니
동백꽃은 아직 일러 피지 않았고
막걸릿집 여자의 육자배기 가락에
작년 껏만 상기도 남았습니다.
그것도 목이 쉬어 남았읍디다.

# 봄 볕

내 거짓말 왕궁의
아홉 겹 담장 안에
김치 속 속배기의
미나리처럼 들어 있는 나를

낫날 같은 봄 햇볕 쏟아져 내려
육도六韜 삼략三略으로
그 담장 반남아 헐어,

내 옛날의 막걸리 친구였던
바람이며 구름
선녀 치마 훔친 뻐꾸기도 불러,
내 오늘은
그 헐린 데를 메꾸고 섰나니…….

# 산골 속 햇볕

잊어버려라
그래 우리는 다음 산골로 가자.

잊어버려라 또 한번 더 잊어버려
그래
우리는 또 그다음 산골로 가자.

잊어버려라
자꾸자꾸 잊어버려
그래 우리는
또 그 다음 그다음 산골로 가자.

그래서 마지막 우리 앞에 깔린 것은
산골 속 갈아 논 멧방석만한
멧방석만한 산골 속 햇볕.
멧방석만한 산골 속 햇볕.

# 무제無題·2

몸살이다 몸살이다
모두가 다 몸살이다

저 거센 바람에도 가느다란 바람에도
끊임없어 굽이치는 대수풀을 보아라

몸살이다 몸살이다
틀림없는 몸살이다

몰려왔다 몰려갔다 구으르는 구름들
뼛속까지 스며드는 금빛 햇살 보아라

몸살이다 몸살이다
끝없는 몸살이다.

# 어느 가을날

월부月賦 천이 장사의 월부 천이에 쌓여 업혀서
칭얼대던 어린것은 엄마 등에 잠들고

하늘 끝 검우야한 솔무더기 위에는
내 학업의 중단을 걱정하시던
돌아가신 아버지의 반쯤 돌린 야위신 얼굴.

왜 그 여자 월부 천이 장사의 느린 신발 끄는 소리는
들리지 않는가.
다 닳은 흰 고무신발 끄는 소리는 인제 들리지 않는가.
누가 영 밑천이 안 되게 아주 떼어먹어 버렸는가.
왜 그 흰 고무신 끄는 소리마저 이 가을은 들리지 않
는가.

# 나그네의 꽃다발

내 어느 해던기 적적하여 못 견디어서
나그네 되어 호올로 산골을 헤매다가
스스로워 꺾어 모은 한 움큼의 꽃다발―
그 꽃다발을 나는
어느 이름 모를 길가의 아이에게 주었느니.

그 이름 모를 길가의 아이는
지금쯤은 얼마나 커서
제 적적해 따 모은 꽃다발을
또 어떤 아이에게 전해 주고 있는가?

그리고 몇십 년 뒤
이 꽃다발의 선사는 또 한 다리를 건네어서
내가 못 본 또 어떤 아이에게 전해질 것인가?

그리하여
천 년이나 천오백 년이 지난 어느 날에도
비 오다가 개이는 산 변두리나

막막한 벌판의 해 어스름을
새 나그네의 손에는 여전히 꽃다발이 쥐이고
그걸 받을 아이는 오고 있을 것인가?

세상 일 고단해서 지칠 때마다,
댓잎으로 말아 부는 피리 소리로
앳되고도 싱싱하는 나를 부르는
질마재, 질마재. 고향 질마재.

*3*

# 질마재의 노래

# 조 국

누군가.
한 그릇의 옛날 냉수를
조심조심 떠받들고
걸어오고 계신는 이.
한 방울도 안 엎지르고
받쳐 들고 오시는 이.

구름 머흐는 육자배기의 영원을,
세계의 가장 큰 고요 속을,
차라리 끼니도 아니 드시고
끊임없이 떠받들고 걸어오고만 계시는 이.

누군가.
이미 형상도 없는 하늘 속 텔레비로
한라산에서 백두산까지
밤낮으로 쉬임없이 받쳐 들고 오시는 이.

누군가.
한 그릇의 옛날 냉수를
한 방울도 안 엎지르고
받쳐 들고 오시는 이.

조국아.
네 그 모양 아니었더면
내 벌써 내 마지막 피리를
길가에 팽개치고 말았으리라.

# 3·1아, 네 해일 그리며 살았었느니

−3·1절 쉰 돌에

천년을 짓누르면 망하는가 했더니.
천년을 코 막으면 막히는가 했더니
무슨 힘, 무슨 꼬투리로
이 생명, 이 핏줄기 이리도 오래 살아왔느뇨.

마늘이냐, 고추냐, 쑥 잎사귀냐.
우리의 숨결 속엔 뼈다귀 속엔
무엇이 들어서 아리게 하여
죽여도 다시 살아 일어서 왔느뇨.

산채로 입관되는 수없는 소녀들.
부둥켜안은 채 소살燒殺되는 청년 남녀로
우리는 수없는 산을 싸면서도
목숨보단 더 질기게 살아서 오고,

코에는 코뚫이, 목에 고삐 찬
장으로 끌려가는 소처럼 몰리면서도
마음과 울음으로 너만 그려 살았었느니

3·1아, 네 폭풍 해일만을 그려 살았었느니.

3·1아.

천지와 역사 속에서는 제일 맵고도 쓴
3·1아.
죽은 모든 이 나라의 망령과
아직 생기지 않은 미래 영원의 우리 자손을
두루 살린 3·1아.

3·1절 오십 년을 맞이하는 오늘,
3·1아, 네 힘으로 다시 산
삼천만 겨레 여기 모여 고개 숙여
백두산서 내려오신 단군 할아버지와 함께
그 죽지 않는 매움에 젖어 있도다.
젖어서 있는 것만이 가장 큰 영광이로다.

# 범산梵山 선생 추도시

당신과 동행을 하기라면
어느 가시덤불 돌무더기
영원을 가자 해도
피곤하지 않아서 좋습니다.

참으로 좋으신 웃음.
항시 샘솟아나는 참으로 좋으신 웃음.
무슨 연꽃과 연꽃 사이
웃는 바람 마을의 고향에서 오시는지
그 웃음이 우리의 노독을 잊게 합니다.

당신이 고단하시거나
아프시다거나
별세하신 사실을
우리는 모릅니다.
그 웃음에 가려
딴 것은 우리 눈에 보이지 않습니다.

당신은 지금도 당신의 영원을 우리와
동행하시면서
쩡쩡한 우리를 그 웃음으로 위로하시고
가는 길을 편하게 하시고
햇빛을 다정하게 되살려 내고 계실 뿐입니다.

# 다시 비적의 산하에

1945년 8월 15일
일본인의 종 노릇에서 풀리어 나던 때
흘린 눈물 질척거리던 예순 살짜리들은
인제는 거의 다 귀신 되어
어느 골목에서도 보이지 않고,
그날 미·소 양군 환영의 플래카드를 들고
서울역으로 몰려가던 이, 삼, 사십대
인제는 거의 늙어
낡은 파나마를 머리에 얹고
파고다 공원에서 환갑을 맞이하고,

그날 어머니의 젖부리에 매어달려
해방이 무엇인 줄도 모르던 애기들
인제 자라서
무직無職과 플래카드와 파고다 공원과 귀신 노릇을 배우
고

탈색과 표백은 아직도 덜 되었는가?
백의동포여.

평양 같은 언저리,
납치되어 산채로 빨랫줄에 말리어지는

기화氣化하는 수만 미이라의 소리 들린다.
이 표백과 탈색은 언제쯤 끝나는가?

새로 나갈 길은
하늘에서도 땅에서도
베트남뿐이다.
베트남뿐이다.

(1966. 8. 15)

# 방한암方漢岩 선사

난리 나 중들도 다 도망간 뒤에
노스님 홀로 남아 절 마루에 기대 앉다.

유월에서 사월이 왔을 때까지
뱃속을 비우고
마음을 비우고
마음을 비워선 강남江南으로 흘러보내고
죽은 채로 살아
비인 옹기 항아리같이 반듯이 앉다.

먼동이 트는 새벽을 담고
비인 옹기 항아리처럼 앉아 있는 걸
수복收復해 온 병정들이 아침에 다시 보다.

# 서경敍景

달이 좋으니 나와 보라고 하여
아내한테 이끌리어 나가서 보니
두 마리에 동전 한 닢짜리 새의 무리를
두 다리 잘린 채 저리도 잘 날으는
연습은 언제부터 그리 잘 된 것인가.
인제는 이조 백자의 무늬의 새보다도
더 유창히 달의 한켠을 썩 잘 날으고,
달의 다른 한켠엔
모진 비바람에 쓰러져 누운
크나큰 느티의 고목나무 한 그루.
또 사실은 나도 아내도 다리 없는 새로서
인제 보니 그 달의 둘레를
아주 멋들어지게는 썩 잘 날으고 있었다.

# 이런 나라를 아시나요

밤 삼경보다도
산 속
중의 참선보다도
조용한 꿈보다도
더 쓸쓸하고 고요한 사람만이 사는
나라를 아시나요?

말은 오히려 접어서 놓아 둔
머언 나들이옷으로
옷걸이 속 횃대에 걸어만 놓고 지내는
그런 사람만이 사는 나라를 아시나요?

육체가 세계에서 제일로 싼 나라,
한 달러면 양귀비 두엇을 사고도 남는 나라,
그렇지만 마음만은
절대로 팔지 않는 나라,
전당쯤은 잡혀도
절대로 아주 팔지는 않는 나라
2천년 합방에도 그건 그랬던 나라.

이 전당 찾아서 고향 가는 것도
또 기다리자 약속하기라면

냉수와
쌀과
김치만으로
또 일만 년은 누구나 기다릴 수 있는 나라.

그러기에
해도 여기에 와서는
미안한 연인마냥
그 두 눈을 살짝 외면하는 것이
보이는
그런 나라를 아시나요?

# 무궁화 같은 내 아이야

손금 보니
너나 내나 서릿발에 기러깃길
갈 길 멀었다만
창피하게 춥다 하랴
아이야
춥거든
아버지 옥양목 두루마기 겨드랑 밑
들어도 서고
이 천역살 다 풀릴 날까지
밤길이건 낮길이건 걸어가 보자.
보아라,
얼어붙는 겨울날에도
바다는 물을 뚫고 들어와서
손바닥의 잔금같이
이 그나네의 다리 밑까지 밀려도 드는구나.
아이야,
꿈에서 만났거든
깨어서 만났거든
깨어 헤어도 지면서,
꿈에서 헤어졌거든
생시에 다시 만나기도 하면서,
아이야,

하늘과 땅이 너를 골라
영원에서 제일 질긴 놈이 되라고 내세운 내 아이야.
무궁화 같은 내 아이야,
너를 믿는다.
끝까지 떨어지지 말고 걸어가 보자.

# 내 아내

나 바람 나지 말라고
아내가 새벽마다 장독대에 떠 놓은
삼천 사발의 냉숫물.

내 남루襤褸와 피리 옆에서
삼천 사발의 냉수 냄새로
항시 숨쉬는 그 숨결 소리.

그녀 먼저 숨을 거둬 떠날 때에는
그 숨결 달래서 내 피리에 담고,

내 먼저 하늘로 올라가는 날이면
내 숨은 그녀 빈 사발에 담을까.

# 꽃

꽃아.
저 거지 고아들이
달달달 떨다 간
원혼을 헤치고,
그보다도 더 으시시한
그 사이의 거간꾼
왕초며
건달이며
꼭두각시들의 원혼의 넝마들을 헤치고,
새로 생긴 애기의
누더기 강보襁褓 옆에
첫국밥 미역국 내음새 속에
피어나는
꽃아,
쏟아져 내리는
기총소사機銃掃射 때의
탄환들같이
벽도
인육人肉도
뼈다귀도
가리지 않고 꿰뚫어 내리는
꽃아,
꽃아.

# 내 데이트 시간

내 데이트 시간은
인제는 순수히 부는 바람에
동으로 서으로 굽어 나부끼는
가랑나무의 가랑잎이로다.

그대 집으로 가는 길
도중에 섰는 갈대
그 갈대 위의 구름하고도
깨끗이 하직해 버린 내 데이트 시간은

이승과 저승 사이
그 갈대의 기념으로
내가 세운 절간의 법당에서도
아주 몽땅 떠나와 버린 내 데이트 시간은

인제는 그저 부는 바람 쪽
푸르른 배때기를
드러내고 나부끼는
먼 산 가랑나무 잎사귀로다.

# 어느 신라승이 말하기를

세상이 시끄러워 절간으로 들어갔더니
절간에선 또 나더러 강의를 하라고 한다.

절간도 시끄러워 깊은 굴로 들어갔더니
주린 범이 찾아와 앉아 먹어 보자고 한다.

그래 시방 내게 있는 건
아주 고요하려는 소원과,
내가 흔들리는 날은 당할 호식虎食과,
부르르르 부르르르 잔 소름으로 가라앉아 들어가는
자맥질하는 잠수부의 불어오르는 고요의 심도深度뿐이
다.

그리고
호랑이는 언젠가 나를 먹기는 먹겠지만
그것은 내가 송장으로 드러누운 뒤일 것이다.
그나마 내 굳은 해골 안에 달라붙은
말라붙은 붉은 고약 같은 내 침묵의 혓바닥까진
이빨을 차마 대지도 못할 것이다.

# 초파일 해프닝

초파일은 마지막으로
전쟁 파쇠라도 주워 팔아
한 오십 원 만들어서
카네이션이라도 찐한 걸로 한 송이 사서
그 속으로 아주 몽땅 꺼져들어 버려라.
히피의 꽃 해프닝이라도 한바탕 해 버려라.
에이 빌어먹을 것!
하늘 땅과 영원의 주인 후보 푼수로
치사하게 막싸구려 사람 노릇 하기가
인제 더는 창피해서 못 참겠구나!

# 신부新婦

　신부는 초록 저고리 다홍치마로 겨우 귀밑머리만 풀리운 채 신랑하고 첫날밤을 아직 앉아 있었는데, 신랑이 그만 오줌이 급해져서 냉큼 일어나 달려가는 바람에 옷자락이 문 돌쩌귀에 걸렸습니다. 그것을 신랑은 생각이 또 급해서 제 신부가 음탕해서 그 새를 못참아서 뒤에서 손으로 잡아다니는 거라고, 그렇게만 알곤 뒤도 안 돌아보고 나가 버렸습니다. 문 돌쩌귀에 걸린 옷자락이 찢어진 채로 오줌 누곤 못 쓰겠다며 달아나 버렸습니다.

　그러고 나서 40년인가 50년인가 지나간 뒤에 뜻밖에 딴 볼일이 생겨 이 신부네 집 옆을 지나가다가 그래도 잠시 궁금해서 신부방 문을 열고 들여다보니 신부는 귀밑머리만 풀린 첫날밤 모양 그대로 초록 저고리 다홍치마로 아직도 고스란히 앉아 있었습니다. 안쓰러운 생각이 들어 그 어깨를 가서 어루만지니 그때서야 매운 재가 되어 폭삭 내려앉아 버렸습니다. 초록 재와 다홍 재로 내려앉아 버렸습니다.

# 산사山査꽃

산 보네 산 보네 밤낮 산 보네.
그대와 나 둘이서 바라보기면
번갈아 보며 보며 쉬기도 할걸
그대 길이 잠들고 나 홀로 깨어
산 보네 산 보네 두 몫 산 보네.

그대와 나 둘이서 맞추었던 눈
기왕이면 끝까지 버틸 일이지
무엇하러 지그시 감고 마는가.
그대 감은 눈 위에 청청히 솟는 산
산 보네 나 혼자 두 몫 산 보네.

# 고향 난초

내 고향 아버님 산소 옆에서 캐어 온 난초에는
내 장래를 반도 안심 못하고 숨 거두신 아버님의
반도 채 다 못 감긴 두 눈이 들어 있다.
내 이 난초 보며 으시시한 이 황혼을
반도 안심 못하는 자식들 앞일 생각다가
또 반도 눈 안 감기어 멀룩멀룩 눈 감으면
내 자식들도 이 난초에서 그런 나를 볼 것인가.

아니, 내 못 보았고, 또 못 볼 것이지만
이 난초에는 그런 내 할아버지와 증조 할아버지의 눈,
또 내 아들과 손자 증손자들의 눈도
그렇게 들어 있는 것이고, 들어 있을 것인가.

# 꽃을 보는 법

혼자서 고향을 떠나
어느 후줄근한 땅의 막바지 바닷가나 헤매다니다가,
배 불러서는 무엇 하느냐?
먹을 것도 어줍잖은 날이 오거든
맨발 벗고,
설움도 차마 아닌 이 풀밭길을
인제는 혼잘 것도 따로 없이 걸어오너라.
그리하여 어디메쯤 뇌여 있는 천년 묵은 산의 바윗가
에
처음으로 눈웃음 웃고 오는 네 오랜만의 누이— 꽃나
무를 보리니……

# 매화에 봄 사랑이

매화에 봄 사랑이 알큰하게 펴난다.
알큰한 그 숨결로 남은 눈을 녹이며
더 더는 못 견디어 하늘에 뺨 부빈다.
시악씨야 네님께선 네가 제일 그립단다.
매화보다 더 알큰이 한번 나와 보아라.

매화 향기에선 가신 님 그린 내음새.
매화 향기에선 오는 님 그린 내음새.
갔다가 오시는 님 더욱 그린 내음새.
시악씨야 네님께선 네가 제일 그립단다.
매화보다 더 알큰이 한번 나와 보아라.

# 동백꽃 타령

추녀 끝에 고드름이 주렁주렁한
겨울날에 동백꽃은 피어 말하네―
'에잇 쌍! 에잇 쌍! 어쩐 말이냐?
진사 딸도 참봉 딸도 못 되었지만
피기사 왕창이는 한번 펴야지!'
아무렴 그렇지 그렇지 말고
고드름 겨울에도 한번 펴야지.

동백꽃은 힘이 나서 다시 말하네―
'부귀영화 그깐 거야 내사 싫노라.
이왕이면 새 수염 난 호랑이 총각
어디메도 얼지 않는 호랑이 총각
산 넘어서 강 건너서 옆에 와 보소!'
아무렴 그렇지 그렇고 말고
이빨 좋게 웃으면서 한번 와 보소!

# 늙은 농부의 자탄가

사이좋은 형제처럼 이웃처럼
오손도손 감꽃들이 피어나누나.
볼따구닐 부비면서 피어나누나.
우리는 어찌해서 남남이 되어
감꽃만도 못하게 산단 말이냐!?

늙은 할멈 데불고 모 심어 봐도
진종일 세 마지기 채 다 못 심고
초생달만 저만치서 인사로구나!
우리는 왜 뿔뿔이 헤어져 살아
하늘까진 남보게만 한단 말이냐!?

## 노자 없는 나그네길

제비같이 훠얼 훨, 나비같이 퍼얼 펄
멋쟁이는 정말 진짜 멋쟁이지만
어쩌다 보니 노자도 없는 나그네 신세.
사공아 공짜로 한번 건네어 다우.
하늬바람 배삯으로 한번 건네 보자우.

'저승에 들자니 노자나 있느냐'고
진달래 핀 산에서 육자배기 들리네.
저승에 가려 해도 노자 없기는
옛날이나 지금이나 마찬가지 아닌가.
육자배기 배삯으로 한번 건네어 주게.

# 진부령 처갓집

진부령 까치마을 우리 처갓집
찾아들어 한 사흘 편히 쉬구서
떠나려니 이슬비가 축축이 오네.
'더 있으라 이슬비가 저리 온다'고
장모님은 좋아라고 만류하시네

'가라고 가랑비가 내리는데요'
내가 살짝 한마디를 건네었더니
'진부령서 제일로 미련한 곰도
그런 소릴 않을 거다' 미소하시네.
진부령 처갓집에 있을 이슬비.

# 질마재의 노래

세상 일 고단해서 지칠 때마다,
댓잎으로 말아 부는 피리 소리로
앳되고도 싱싱히는 나를 부르는
질마재. 질마재. 고향 질마재.

소나무에 바람 소리 바로 그대로
한숨 쉬다 돌아가신 할머님 마을.
지붕 위에 바가지꽃 그 하얀 웃음
나를 부르네. 나를 부르네.

도라지꽃 모양으로 가서 살리요?
칡넌출 뻗어가듯 가서 살리요?
솔바람에 이 숨결도 포개어 살다
질마재 그 하늘에 푸르를리요?

# 칠 석

까치야 까치야 다리를 놓까?
경우도 직녀도 다 어디로 갔나
기다려도 기다려도 오지 않지만,
38선에 은하수, 칠석 은하수
미안해 미안해서 어떻게 하지?

까치야 까치야 다리를 놓까?
만나는 다리 놓던 재주라면은
기다리는 다리도 놀 수 있겠지.
까치야, 배가 흰 우리 까치야.
한 백년 더 기다리는 다리나 놀까?

# 고구마 타령

굽 높은 구두나 한 켤레 신고
고단한 명사名士나 해선 뭘하니?
언젠가 뒷구석에 감춰 두었던
그 고무신 꺼내서 두 발에 꿰고
고향에 가 고구마나 가꿔 보아라.
색시야 그래도 그게 그중 돟갔다.

고구마는 한 뿌리에 여남은 개씩
그래도 먹을 것이 달래달래 열리니,
새끼들을 우수리로 좀더 깐대도
몇 개씩 안겨 주면 태평하겠지.
허기진 명사 노릇 그만 집어치우고
고향에 가 고구마나 가꿔 보아라.

*'돟갔다'는 '좋겠다'의 평안도 사투리.

내게 마지막 남은 것은
고향 산골 잔디 덮은
님의 무덤뿐,
그 무덤에 내리는 어둔 눈물뿐.

*4*

마지막 남은 것

# 시월이라 상달 되니

어머님이 끓여 주던 뜨시한 숭늉,
은근하고 구수하던 그 숭늉 냄새,
시월이라 상달 되니 더 안 잊히네.
평양에 둔 아우 생각하고 있으면
아무래도 안 잊히네. 영 안 잊히네.

고추장에 햅쌀밥을 맵게 비벼 먹어도,
다모토리 쐬주로 마음 도배를 해도,
하느님께 하느님께 꿇어 엎드려
미안해요 미안해요 암만 빌어도,
하늘 너무 밝으니 영 안 잊히네.

# 오동지 할아버님

'콩으로는 메주를 쑬 것이구요.
팥으로는 팥죽을 쑬 것입니다'
아무리 일러드려도 곧이 안 듣는
오동지 할아버님 고드럼 수염.
빳빳이만 뻗어난 고드럼 수염.

'눈 감으면 코 베먹어, 코 베어먹어!'
그래서 동지섣달 첫 새벽부터
담뱃대로 재떨이만 또드락거리는
오동지 할아버님 안 감기는 눈.
감으려도 감으려도 안 감기는 눈.

# 새벽 애솔나무

소나무야 소나무야 겨울 애솔나무야
네 잎사귄 우리 아이 속눈썹만 같구나.
우리 아이 키만한 새벽 애솔나무야.

통일 된다 하는 말 그거 정말 진짤까.
겨우 새 뿔 나오는 송아지 눈으로
꿈뻑꿈뻑 앞만 보는 우리 애솔나무야.

고추장이 익는다. 고추장 주랴?
눈이 온다. 눈 온다. 눈 옷을 주랴?
기러기 목청이나 더 보태 주랴?

천만 번 벼락에도 살아 남아가지고
겨울 새벽 이 나라 비탈에 서 있는
너무 일찍 잠 깨난 우리 애솔나무야.

# 아버지 돌아가시고

1942년 8월, 내 출생지 전북 고창군 부안면 선운리에서
만년을 은거하시건 내 아버지가 58세로 돌아가시었는
데,
한마디의 유언도 없이, 앓는 소리도 없이, 붉은 웃수염
끝을 잠깐 만져 보시고는
긴 여행길의 나그네 소년이 잠시 한잠 붙이듯
스르르 눈을 감으며 숨을 거두시었다.
아버지도 고질의 장출혈로 돌아가셨고
나도 지금껏 그 병을 유전으로 이어가지고 있으니
내 임종의 꼴도 아마 이 비슷할 것이다.
나는 붉은 수염이 아니니 이것 하나나
다를 것이다.

아버지가 일생 벌어 내게 남긴 유산은
이곳 선운리의 모시밭 이삼십 마지기에
심원면이란 곳에 여기저기 사 두신 전답 이삼십 마지
기에
생명보험료 일금 일천 원야.

그러나 재물에는 자고로 언제나 왁자한 말썽도 붙는
것이라

심원면의 콩밭 몇 마지기 때문에는
재판소에도 귀찮게 끌려나가야 했고,
또 그 후렴의 시로는 그 원수에서 숭어회도 좀 얻어먹
어야만 했다.


청년 시절에 굶주려 밤에 남의 소를 훔쳤다가 징역살
이하는 동안에 마누라를 뺏긴 김억만 씨는
풀리자 마누라도 되찾아 괜찮게 살고 계셨는데
이 분이 내 아버지에게서 밭을 샀다고 그 이전 독촉 소
송을 걸어 왔고
내 어머니의 기억으론 그런 일이 전연 없다고 하시어
전주 지방법원 정읍 지청에서 재판에 걸렸는 바
조사해 보니 이 김억만 씨가 그 계약서와 내 아버지
도장을 위조한 게 판명되어
할 수 없이 또 감옥에 들어가게 된 걸
내가 제소 포기로 용서해 주었더니
감지덕지하여 심원면의 자기 집으로 나를 초대하고
손수 잡아 만들어낸 숭어회였네.
환갑 나이의 김억만 씨도 무척은 기뻐했으니
이것도 시는 시지 별것이겠나.


이러구러 기러기 우는 가을은 또 와서,

어느 이슬비 내리는 오후를 나는 우산도 안 쓰고
심원면에서 선운사 입구로 가는 신작로를
어슬렁어슬렁 축축이 젖어 가고 있었는데,
길가의 실파밭 건너 오막살이 주막이 하나 보여
"약주 있소?" 하고 들어서니
"예" 하며 맞이해 나온 주모는, 뭐라 할까,
나이 마흔쯤의 꼭 전라도 육자배기 그대로의 여인이었
네
"그렇잖아도 오늘은 한번 개봉해 볼까 하는
꽃술이 한 항아리가 기대리고 있는디라우"
인사 말씀은 겨우 이것이었으나
그 말씀에 따르는 그 멜로디는 노련하신 육자배기 그
대로여서
이거야 정말 김억만 씨 작의 시보다는 한결 더 나은
것 같아.


가뭄에 뛰어오르던 잉어 쏘내기에 다시 물에 잠기듯
"합시다"하고 앞장서 방을 쑤욱 들어가서는
물론 그 꽃술 개봉이라는 걸 시키고
그 육자배기 예편네와 함께 눈깜짝 사이에
그 한 도가니를 온통 다 마셔 버렸네.
'눈 깜짝할 사이'라는 건 물론

120

좀처럼 눈을 깜짝거리지 않는 그런 사람을 표준해서
말씀야.
술도 술도 이렇게 억수로 먹히던 건
내 생애에서도 이것이 최고 정상이었네.


그 육자배기 여편네는 술이 얼얼하자
그 한많은 진짜 육자배기도 나한테 들려주고
작별할 때는 역시나 그 육자배기 멜로디로
"동백꽃 피거들랑
또 오시오, 인이……" 하고
위아래 이빨을 꼭 다붙여 몰고
그 사이에서 나오는 'ㄴ' 치모음 소리로
그 '인이……'를 세계 으뜸의 매력으로 발음해 주었나
니
일찍이 하인리히 하이네가
'시악씨 입 맞추며 우리 독일말로
"이히 리베 디히……"
그 소리 어마나 듣기 좋은지
남이야 알라더냐?' 했던
그 '이히 리베 디히'보다
몇 갑절은 더 이쁘게 들렸네.
그런데 그 뒤 10년이 지난 1951년의 대 빨치산 전투 때

경관들에게 밥을 지어 먹였다는 죄로
이 여자와 그 가족들은 빨치산에게 학살을 당하고,
그 주막도 불태워져 버리고
뒤에 내가 가 보았을 땐 그 실파밭만 남았더군.
그래 나는 그 뒤 선운사의 내 시비에 새긴
'선운사 동구'라는 시에 그 육자배기 소리를 담아 보았
지.

'선운사 고랑으로
선운사 동백꽃을 보러 갔더니
동백꽃은 아직 일러 피지 않았고
막걸릿집 여자의 육자배기 가락에
작년 것만 상기도 남았습니다.
그것도 목이 쉬어 남았습니다.'

# 차남 윤潤 출생의 힘을 입어

1956년 4월이던가. 별일도 없는 어느 날 밤에
"나 아이를 가졌어요. 어떻게 하지요?" 아내가 내게 물어서
"어떻게 하긴 뭘 어떻게 해? 낳아서 잘 길러 봐야지"
대답할 수 없었던 게
하늘이 우리 부부에게 복을 주실 장본이 되었던 걸
이때엔 우리는 물론 미처 모르고 있었다.
하늘이 합의하여 마련해 준 사람의 씨를
어떤 가난 어떤 곤경 속에서라도
반대 않고 받아서 잘 길러내는 것이 온갖 복의 근원이
되는 것을
내 나이 42세의 이때만 해도 나는 까마득히 잘은 모르
고 있었다.

그러나 1957년 2월 4일
그 아이 윤이 태어나고부터
우리 집 살림은 서서히 자리가 잡히어
부부 사이의 이해도 더 늘어나고,
내 직장의 인내력도 배가하게 되고,
저축도 한 푼 두 푼 더 모으게 되고 하여
말하자면 그 '착실한 살림꾼'의 길로 접어들긴 했으니
이게 이 현실을 사는 사람의 복의 입구 아니고 무엇이

겠는가?


둘짜이자 막내아들인 이 아이가 자라며
우리말을 익히고 있는 걸 보고 있다가
나는 이 아이가 크며 읽을 독서 범위도 생각하게 되고,
우리말로 번역된 문명국들의 책이 아직도 너무 적은 것
도 생각하게 되고
그러자니 자연히 영어라도 하나 일찍부터 더 가르쳐야겠
다는 작정도 갖게 되고,
그래 이 애 나이 네댓 살 때부터는
그 영어 교육까지에 골몰하다 보니
어언간에 그걸 돕는 나 자신이 영어 공부부터 늘게 되
고,
하여 나도 눈에 새로운 불을 켜고
그 덕으로 서양 현대시들의 좋은 걸 재음미도 하게 되었
으니,
이 어찌 이것을 '복이 아니라'고 하겠는가?
내 아내 본향本鄕도, 내 큰자식 승해도
나의 이 신新기풍에는 신바람을 내 동조해 주어서 나도
이때부터 10여년 간을
영·불어 독서력의 재수를 비롯해 독·노어와 라틴어
희랍어의 초보에까지

대학 강의하고 남는 시간 거의 전부를 잠기어 지내게도
만들어 주었다.

그나 그뿐인가?
이러한 몰입은
내 음주 유량의 행려병사의 위험을 막아 주었음은 물
론,
유혹이 전혀 없었던 것도 아닌
삼재 팔난의 원동력— 그 여난이란 것에서까지도 적당히
는 막아주었으니,
'사내가 부득이하면
오입도 아조 피하긴 어렵겠지만
이것도 집안이 망가지지 않을 정도로
극히 조심해서 치러내야 한다'는
절충식인 한 개의 방안쪽이 된 것도 이 10여 년 동안의
일이다.
거짓 없이 말했으니
아직 이때의 나만큼도 되지 못해 고민하고 있는 남자 동
포가 있다면
잘 참고해 주시기 바란다.

하늘이 특별히 마음을 쓰시어

큰 자식 낳은 지 17년 남아 만에 내게 마련해 주신
내 막내자식 윤의 출생과 성장을 잘 맡기로 한 덕은
아직도 그 큰 것이 또 두 개나 남아 있으니
이 아이를 기르며 집안을 이루어 나가기에 골몰한 나머지
자유당 말기의 혼란이나
4·19와 짧은 민주당 시절의 법석,
또 5·16 군사혁명, 기타의
어느 과도기적 난세의 싼거리 희생에서도 멀리
내 자신의 공부와 시인 작업과
가족의 발전을 꾀할 수 있었던 게 그 첫째이고,
그 둘째는, 그렇지
아들들의 오랜 공부의 학자를 대는 책임자로서
'어떻게라도 해서 더 오래 살아 있어야겠다는'
그 의지 하나로 자기 건강도 적당히 지켜내다가 보니
또 자연히 내 수명이라는 것 그것마저도
어쩔 수 없이 연장하게 된 점이다.
하늘에 공손히 감사하고 또 감사할 뿐이다.

# 4·19 바람

1960년 4월 19일
대학생들이 대통령 관저인 경무대를 습격해 들어가다
가
경무대의 발포로
우리 동국대학생 노재두 군도 총 맞아 죽은 날
아침에 그 동국대학생인 내 장남 승해가 등교 인사를
하러 왔기에
나는 이 무렵의 학생들의 동향이 안심치 않아
'데모대에 끼는 일이 있더라도 위험은 피해야 한다'고
신신 당부를 해 주었는데
그건 지금 생각해 보아도 잘했던 일이었다.
중앙청 앞에서 효자동 쪽으로 꼬부라져 들어가는 언저리
에서
내 자식은 애비의 아침 당부가 생각이 나
몇몇 학생들과 함께 통의동 골목으로 새어서 살아왔다
했는데,
이것 이렇게라도 안 해주었다면
그것 어쩔 뻔했나?

이날 밤 초저녁에야
나와 한 번지에 사는 시청 직원 임군이 돌아와 말하는
걸 들으니
시청에서도 한동안 무차별 발포를 해

시청 앞 광장이 피로 흥근한 호수를 이루었다더군.


그로부터 이틀 뒤엔가는
경복고등학교 2학년생인 문학 소년 정군이
흥분에 지친 얼굴로 나를 찾아왔는데,
그가 더듬더듬 되뇌이는 말을 들어 보면
'시청 앞에서 야단이 났다기에
하학 후에 안종길이하고 저하고 같이
책가방을 든 채 구경을 갔었는데
마구잡이로 막 총알이 날아오잖아요?!
정신 차려 우리 둘이는 뛰어 달아났는데,
종길이는 운이 나빠 그 총알을 맞아 죽고
저만 혼자 살아 남았지 않아요?!였네.
이때 이렇게 죽어 지금 4·19 의사로서 모셔져 있는 안군은
4·19 한 해 전인 1959년 가을
내가 경복고등학교 교내 글짓기 백일장의 심사위원으로 나갔을 때
시로 입선시켰던 시 소년이었는지라,
또 그 위령제에도 몇 차례 끼이기도 했지만,
나는 그 뒤 그를 두고 추모시도 썼고,
인제부터 앞으로 공부해 나가야 할 이 소년의 목숨이

이렇게 타력으로 끝나고 만 데 대한 내 분한과 슬픔은 지금도 그때나 다름이 없네.

 나는 이때의 이 따분한 정치적 사태와는 상관없이
6·25 사변 이후 골몰해 온
 신라 주제의 시험적인 자작시들을 모아
《신라초新羅抄》라는 시집도 한 권 이 해에 발행했고,
 또 〈신라 연구〉란 제목의 교수 자격 청구 논문도 문교부에 내어
 겨우 부교수의 자격도 하나 얻어내게는 되었는데,
 가만있거라, 이 해에 내게 제일로 재미있었던 건 무어냐 하면
 그런 시집 출판이나 부교수 자격증보다도
'메리센트 하니카트'라는
 이쁜 미국인 여류시인 하나를 감쪽같이 새로 사귀게 된 일이었군.
'저는 선생님 시를 좋아하는 한미성이란 사람으로 지금 반도호텔 1층 다방에 와 있습니다.
 분홍빛 치마저고리를 입은 미국인이니
 알아보시기 쉬울 겁니다.
 나와 주시겠습니까?'
 하는 전화를 보내와서 나가 보았더니,

미국 영화 여배우 '크르데트 콜베르' 비슷한 얼굴이
새로 나와서 노래하겠다는 오월 꾀꼬리 같은
30쯤의 좋은 푸른 눈의 미인이었네. 그 한미성 양
은…….
'옛날 왕궁에나 한번 가 보실까요? 하니, 선선히 따라주
어서
우리는 때마침 늦가을의 창덕궁 비원의 숲속에 섰는데,
'신화가 따로 없다. 이게 바로 신화다'는 생각만 들었
네.


4·19보다도 정권 교체보다도
그야 물론 내게는 더 매력이 있었지.
뒤에 들어 알았지만
우리 한국인들의 편이 되어 그 성명도
'한미성韓美聲'이라고 고친 이 여인은
미국 노스 캐롤라이나 대학생 때 시를 잘 써서
그 상으로 시인 '로버트 프로스트'와도 친교를 가졌던,
그래 한동안은 그곳 시지《포에트리》의 동인이기도 했던
사람으로
한국에서의 이때 현직은
전주 기전여고의 교장 겸 선교사였네.
하늘은 나 같은 사람에게도 또 한번 마음을 쓰시어 이 좋
은 친구 하나를 밀파하신 거였지.

# 5·16 군사혁명과 나


4·19 학생들의 피의 덕택으로 생긴
'민주당' 1년쯤의 각종 혼란 자유 시절이 끝나고 1961년
5월 16일에는
박정희 소장의 군사혁명이 성공했는데,
그로부터 사흘 뒤인 5월 19일 아침
나는 집에서 동국대학교에 강의를 나가려고 책가방을 챙
기고 있다가
문득 들이닥친 사복 형사들에게 끌리어 중부 경찰서행을
하시게 되었네.
왜 이러시느냐니까
"잠시 증언을 받을 일이 있어서요"였는데,
이때 중부서의 임시 서장이라는 대위 견장의 청년 앞에
가 섰더니
"당신까지가 설마 그럴 줄 몰랐소!"
대단히 노한 소리 한마디를 퍼붓곤
"데려다가 집어넣어 버려!"여서
뭐라고 따져 볼 겨를도 없이
눈깜짝 사이에 덜커덕 구치소 신세가 되고 말았네.
이 바닥은 어딜 가건 역시나 좁은 곳이라.
내가 들어간 그런 방에도 또한 구면은 끼어 있었으니,
일본 게이오慶應대학에서 영문학을 하고
헤밍웨이를 번역하면서 내게 시 추천을 바래 드나들던

미남 허군이 나를 보고 반색하여

옆에 와서 내 손목을 붙들어 잡는 것까지는 좋았으나

그가 밤이 이슥했을 때

"여기 갇힌 몇 사람은 사형될 것이라고 허데예" 하고

그의 경상도 사투리로 나직이 소곤거려 주는 데는 딱 질색이었네.

그 몇 사람은 누구누구냐니까

깡패 두목 이정재, 혁신파 신문 민족일보 사장 조용수,

또 그 주간 송지영이가 다 이 속에 들어와 있는데 그들은 아마도 위험할 것이라는 이야기였네.

나야 아직 아무런 영문도 모르고 끌려와 있는 신세이긴 해도

'이건 정말 지독한 함정에 빠졌구나' 하는 느낌 때문에

뼛속까지가 그저 아찔키만 할 따름이었지.

처음 며칠 동안은 아무 조사도 없이

이 구치소 방에 굳어진 채 우두머니 갇히어만 있었는데,

"저것들 언제 빵해 버릴 줄도 모르고

쌔근쌔근 자고 있는 걸 보면 가엾기도 해……"

간수경관들이 새벽녘에 쑥덕거리는 때면

내 마음은 어디에다가도 붙일 곳이 없기만 했네.

"장면이파 군인들이 어디선가는 박정희파하고 전투하고

있다고도 하는데,

이게 심해지면

우리들은 끌어내다가 모조리 뚜루루 해버릴 거라도고
해……"

이렇게 소곤거리는 동숙자의 소리도 들려서

내 마음은 그저 불교의 생사일여生死一如의 그 선禪 하나나
의지할밖엔

별 딴수가 없었네.

아, 그러신데 말씀야.

어느 날 오후 그 서장 대위에게 불려 나가서 들어 보
니

내가 끌려온 이유는

내가 민주당 정부 때의 혁신파 교수단의 위원이었던 때
문이라는 거야.

내가 그 위원을 승낙한 사실이 없기에 그걸 말해도 그럼
그 단장 조윤제와 그 사무국장이 검거되어

그 사실이 밝혀질 때까지

기다리면서 수도나 해 보라는 것이었네.


하여 그 혁신파 교수단 사무국장이란 사람이 붙잡혀 내
무죄가 입증될 때까지

나는 한 보름 동안 그 불교적 수도라는 걸 더 하고 지

냈는데,
 그 서장 대위가 오해를 풀고
 설렁탕을 한 그릇 시켜 놓고
 비로소 웃으면서 실토하는 소리를 들어 보니
 이 사람이 바로 한때의 내 친구 최문환 교수의 누이의
아들이더군.
 "국학대학이란 데까지 강의 품팔이 같이 다닐 때에는
 합승값은 최교수가 내 것까지 낸 적이 많았지"하며 나
도 팔자가 한번 좋아져 있었지.

 단풍보다 더 고운 눈발이 치고,
 금강산 뼈다귀들은
 물론 힘이 더 생겨났었지.

# 일본 산들의 의미

군인 하나가 부자 걸음으로
펑퍼짐하게 걸어가 보니,
수수밭 가에 수컷 매가 앉아서
'제아무리 무사가 굶주렸기로
요까짓 것까지야 안 까먹는다'고
머리를 뒤로 젖히며
으시대고 있었네.

얼씨구!
천황이 좋아하는 대나무에선
나비가 여덟 마리나 날아오르며
무 아랫도리같이
자는 사람을 토해내고 있어서,

"야 이건 우리들의 해의 여신님
아마데라스오오미까미天照大神께서
손수 낳으신 나비님들이시죠?"하며
일본 사람들은 매우나 좋아했네.

그렇지만
'이 축하는 말씀보다도
침묵의 참선으로 하는 게 좋다'고

누군가가 주장해서.

토끼털에 무명을 섞어서 짠
옷들을 입혀가지고
중들을 군데군데 놓아 두었던 것인데,
그 옷들이 그만 다 낡아빠져서
스님들의 엉덩이들이 드러나고,
거기서 뜻밖에도
바위가 생겨나면서
날카로운 일본도日本刀가 발견되니

구주九州 사람들이 앞장서서
이 나라 구경을 나서게 됐고,
그 칼을 또 각기 한 자루씩
허리에 차고 다니게도 됐네.

# 낙락장송의 솔잎 송이들

2층 위의 3층 위의 창가에 앉아서
'인제는 거짓말을 죽어도 더 못하겠다'고
그대가 어느 겨울날 소곤거리고 있던 때의
그대의 그 꼿꼿하던 속눈썹들처럼만 생긴
낙락장송 소나무 가지의 솔잎 송이들이여.

(1988. 11. 24. 서울)

# 노처老妻의 병상 옆에서


병든 아내가 잠들어 있는
병원 5층의 유리창으로
내다보이는 거리의 전등불들의 행렬은
아주 딴 세상의 하모니카 구멍들만 같다.
55년 전의 달밤 성북동에서
소년 시인 함형수가 불고 가던
하모니카의 도리고의 세레나데 소리를 내고 있다.
죽은 함형수가
지금은 딴 세상에서 불고 있는
꼭 그 하모니카 소리만 같다.

'쐬주는 제일 좋은 친구지만
이것만 가지구선 안심치가 않아
그 선생인 소금을 곁들여서 마시노라'고.
지낸 낮에 짜장면집에서
그 두 가지만 서서 먹고 앉았던
늙은 사내가 생각이 난다.
그 사내도 지금 저 하모니카 같은 불들을
보고 있을까? 그리고 함형수는
이걸 또 하모니카로 불고 있는 것일까?


(1990. 3. 11. 오전 2시 반, 부산 동래의 '우리들 병원'에서)

# 범어사의 새벽 종소리

칠십 년 전이던가 어느 새벽에
범어사의 새벽 종소리가 울려퍼지고 있을 때
스무 살 남짓한 애숭이 중 한 녀석이
고기도 먹고 싶고
여자도 하고 싶고
돈도 갖고 싶고
또 양껏 자유 지랄도 해 보고 싶어
장거리로 도망쳐 나온 지
어언 50년이 됐는데 말야.
몇 해 전이던가
이 녀석은 그 한많은 일생의 막을 닫어
죽어서는 그 팔자로
밤에도 살금살금 기어다니는
한 마리의 도둑고양이가 되어서 말야.
어젯밤 새벽 달빛엔
울려퍼지는 범어사 새벽 종소리에
냐옹 냐옹 냐옹 냐옹 되게는 울어
다시 애숭이 중이 되고 싶은 소원을
애절하게 뇌까려대고 있더군.
범어사 가까운 동래구 약민동 어느 쓰레기통 옆에
서 말야

(1990. 2 22. 부산 동래의 '우리들 병원'에서)

# 레오 톨스토이의 무덤 앞에서

야스나야 폴랴나의 톨스토이의 무덤을 찾아갔더니
이분 사진의 수염처럼
더부룩한 잡초만이 자욱할 뿐.
나무로 깎아 세운 비목 하나도 보이지 않습디다.
250만 마지기의 땅을
농민들에게 모조리 그저 노나 주고
자기는 손바닥만한 비석 하나도 없이
풀들과 새, 나비들과 바람과 하늘하고만 짝해서 누웠
습니다.
'참 잘했다 영감아!' 하는 소리가
하늘에선 그래도 울려 옵니다.

(1993. 8. 11. 미국, 랄리, N.C에서)

*1992년 7월에서 8월 사이 나는 두 번째로 러시아를 찾아 헤매고 있었다.

# 시월 상달

저 속비치는 핏빛 석류알 여섯 개를
저승의 왕한테서 얻어먹은 죄로
한 해의 가을 겨울은 저승에 가 살기로 된
우리 가엾은 페르세포네가
노세 젊어서 노세를 노래 부르며
또 한번 저승 나들이를 떠나니,

내 60년 전의 계집에 친구 섭섭이도
시집가서 아들딸도 많이 낳고
손자 손녀도 많이 두고 살더니만
웬일인지 이 달에는
나를 찾아 석류 한 개를 쥐어 주고는
어화 넘세 어화 넘……
기분 좋게 꽃상여를 타고 가셨다.

(1991. 7. 29. 서울)

# 기러기 소리

어머님 병들어 누으시어서
삼십 리 밖에 가 계신 아버지를 데리러
터덕터덕 걸어서 갔다오던 달밤.
열두 살 때의 찬서리 오던 그 달밤 하늘을
줄지어 울고 가던 기러기 소리.
예순다섯 해나 지냈건만은
아직도 귀에 울리는 듯하여라.
아버지의 하얀 무명 두루마기 속으로
내가 추워서 숨어 들어가면은
한층 더 뼈를 울리던 그 기러기 소리
영영 잊혀지지 않아라.

(1991. 11. 24. 서울)

# 오동꽃나무

서름이러냐.
서름이러냐.
알고 보니까
그것은 다아
눈웃음져야 할
어쩔 수 없는
서름이러냐.
마흔 살 넘은
과부의 서름을
보랏빛으로
웃고 서 있는
오동꽃나무.

(1992. 5. 15. 서울)

# 한 솥에 밥을 먹고

한 솥에 밥을 먹고 앗소 님아
딴마음은 왜 내는가 앗소 님아
김칫국 끓여서 국 말아 같이 먹고
방귀도 같이 뀌고 님아
딴마음은 또 왜 내는가 앗소 님아

(1993. 7. 5. 서울)

# 이 세상에서 제일로 좋은 것

이 세상에서 제일로 좋은 것은
낳아서 백일쯤 되는 어린 애기가
저의 할머니 보고 빙그레 웃다가
반가워라 옹알옹알
아직 말도 안 되는 소리로
뭐라고 열심이 옹알대고 있는 것.

그러고는
하늘의 바람이 오고 가시며
창가의 나뭇잎을 건드려
알은체하게 하고 있는 것.

(1993. 8. 20. 서울)

# 케네디 기념관의 흑인들을 보고
−텍사스주 달라스에서

'깜둥이는 보기 싫고 흉악하다'고
누가 말하는가?

텍사스의 달라스
케네디가 총맞아 쓰러져 누운 곳
케네디 기념관에 들러서 보니
여기 있는 깜둥이들은 그렇지가 않더라.

그들을 사랑하여 그들을 돕다가
암살당한 것이라고 생각하는 때문이겠지.
그들의 얼굴은 두루
케네디를 존경하는 경건뿐이고
케네디를 사랑하는 그리움뿐이어서
성당 속의 좋은 성직자들만 같더라.

누가
'깜둥이는 야비하고 잔인하다'고만 하는가?
왜 사알사알 피해만 가는가?
그러니까 깜둥이는 노여워하고
그래서 깜둥이는 반항해 일을 저지르는 것이다.

케네디의 반만큼만이라도 본심으로

그들을 아끼고 사랑해 주어 봐라.
깜둥이들은 미국 제일의 애족자愛族者라도 될 것이다.

# 링컨 선생 묘지에서

너무 가난하여 하교에도 못 가서
키보다 좁은 방에 웅크리고 앉아
밤마다 혼자 공부만 하던 의젓한 아이.

강물에 빠진 동전 한 닢도
목숨처럼만 대견했던
숫스럽디 숫스럽던 촌뜨기 사공

불행한 사람들에겐 늘 인자하고
부당한 강권 앞엔 언제나 단호했던
단단한 키다리의 우리 털보 변호사.

미국 남북통일을 기어코 만들어낸
미국 이백년사의 제일 큰 대통령.

다리에 쇠사슬을 차고
경매대 위에 싼 거리로 경매되던
전 미국의 깜둥이 노예들의 해방자.

그 가장 서러웁던 자들의 애인.
그 까닭으로 암살당한
성 에이브라함 링컨 선생님.

시카고의 미시건의 얼어붙은 만리호수에
유난히도 햇빛 잘나 그분이 생각나서
스프링필드 천리길을 그분 묘에 갔더니
어디서 나룻배를 젓다가 금시 갈아입고 서 있는 양
그는 이미 오랜 동상으로 굳어 서서

아직도 많이 꾸무럭한 얼굴로
'사랑이 모자라요.
당신들도 우리 미국 사람들이나 마찬가지로
사랑이 모자라. 사랑이 모자라' 하십니다.

우리 한국식으로
맥주를 따라 고스레를 하고 나서
한 잔 그득히 부어 올렸더니
이 곡차 한 잔만은 그래도
주욱 들이키시고…….

# 보들레르 묘에서

어머니의 후살이가 보기 싫어서
의붓아비 오삐끄의 목도 졸라 보았던
불쌍한 불쌍한 샤를르 보들레르.
그는 죽어서도 친아버지 곁에 못 가고
보기 싫은 의붓애비 옆에 엄마 데불고
셋이서 한 무덤에 묻혀 있는 걸 보자니
쩨, 쩨, 쩨, 쩨, 혓바닥이 저절로 차지더군.

그래서 그 서슬에 그만 깜빡하여서
나는 내 방랑의 지팡이를
그 딱한 무덤가에 잊고 왔는데,

내 젊은 떠돌이 친구 임성조더러
"남았나, 가서 찾아보라"고 했더니
그래도 보들레르는 나를 위해서
그걸 고스란히 되돌려보내 주었더군.
말씀도 이미 완전히 못하게 된
그 전신불수의 몸으로

보기 싫은 오삐끄와 같이 살자면
지팡이가 필요하기도 필요할 텐데,

선배로서 내 앞길을 더 걱정한 것이겠지,
덩그라니 본 모양대로 돌려보내 주었더군.


*몽파르나스의 한구석에 있는 그 넓은 공동묘지에서 샤를르 보들레르의 묘를 찾기는 어렵다. 초라하게 조그마한 것인 데다가 그 묘비에는 보들레르의 이름만이 적혀 있는 게 아니라, 맨 먼저 그의 의붓아버지 오삐끄의 성명이 나와 있고, 다음이 보들레르, 그다음이 보들레르의 어머니 순서로, 굵지도 못하고 또 벌써 상당히 마멸까지 된 글씨로 쓰여 있기 때문이다. 의붓아버지 오삐끄가 먼저 죽고, 그다음이 보들레르, 마지막에 어머니가 죽었는데, 이 세트는 이 셋을 여기 같이 묻게 한 마지막 생존자 보들레르 자당님의 천주학의 규칙에 따라 이렇게 합장 되어 있는 것이다.
그리고 이 시에 나온 보들레르에 관한 이야기들은, 물론 그의 전기 속의 사실들에 의존한 것이다.

# 라인강가에서


라인강가의 산 밑에 앉아
시름 겨운 뻐꾹새 소리를 듣고 있다가
괴테와 히틀러가
문득 내 가슴에 함께 들어와서,
그 뻐꾹새 울음 사이에
그 둘을 끼어 두고 생각해 보고 있었다.


'서러운 인류의 공동의 고향에서 오는
가슴앓이 소리 같은 저 뻐꾹새 소리는
아돌프 히틀러의 그 과격한 살육의 사이사이에서도
뻐꾹 뻐꾹 뻐꾹 뻐꾹 되풀이 되풀이
분명히 이어서 울고 있었을 것이지만
그는 마음이 시끄러워 듣지를 못했고,
또 알아들었대도
그 서러움의 무게를 감당치도 못했을 것이다.
그렇지만 괴테는 고요한 사람이라
저 뻐꾹새 소리에 담겨 퍼지고 있는
그 서러움을 들을 만큼 들었고,
또 그것을 감당할 만도 했었다.
그러니 독일 사람들은
이 둘 중에서 괴테의 편이 되어
뻐꾹새 소리를 잘 알아들어야 할 것이다'고……

# 예루살렘의 아이들과 소고와 향풀

예루살렘 아이들은 대여섯 살이면 벌써 영생 연습에 열중하여요. 어린 이마를 땀으로 촉촉이 적시며 소고를 치면서 깡충거리는 그 소고가 아니라, '할렐루야 영생하세. 하늘과 함께 영생하세. 소고 치며 춤추어 영생을 찬양하세' 한, 성경 속의 바로 그 소고니깐요.

그러고는 또 무어라더라? 영생의 냄새나는 향풀을 찾아내, 그 어린 코에 대며 두 눈을 지그시 감는데, 야! 이거야 정말 우리들 외방의 영생대학생들보다는 한결 더한 상급생이더군요.

그러면서 그들은 그 소고와 향풀을 우리들 관광객들한테도 나눠 주며 팔기도 하는데, 이것 참 묘한 영생선교이어요.

# 기자의 피라미드들을 보고

그 욕심
참
한번
대단했었군. 대단했었군.

어떻게
그대들 죽은 송장을
굴비같이 삐득삐득 말려서
한 만년 놓아 두는 동안엔
산 숨결이 다시 돌아온다고
생각했는가? 생각했는가?
미련한 그대들, 옛 이집트의 왕들이여!

이렇게
몇십 년씩 전 국민을 고역<sup>苦役</sup>시켜서
그 엄청난 높이의 피라미드를 쌓아올리고,
그 맨 꼭대기 방에, 왕이여, 자네 미이라를 놓아 둔다
면,
그리고 그 피라미드 옆에
샛별이 늘 뜨게만 자리한다면,
왕이여, 자네는 그 자네의 알량한 육신으로 더불어
영원히 산다는 것을 이렇게 믿었는가?

참 미련하고 억지였지만
또 기술 한번 참 대단했던
옛 이집트여! 그 왕들이여!

낙타가 바늘 귀를 들어가기보다도
천국에 들어가긴 더 어렵겠지만,
땅이 만든 모든 왕국 중에선
맨 처음으로
그 부귀 복락의 투메함을 다했던 나라여!

*이집트의 수도 카이로의 기자 거리의 남서쪽 끝 사막에 자리하고 있는 세 개의
피라미드 중에 가장 오래고 큰 것은 케옵스 왕의 것인데, 이 속을 더 올라가 보
면 그 맨 꼭대기 방은 케옵스의 미이라 안치실이었던 걸 알 수 있다.
나머지 두 개의 피라미드 즉, 카프라 왕의 것과 맨카우라 왕의 것 사이의 공간
에는 밤이 되면 샛별이 뜨도록 자리를 잡고 있다. 이것들은 고대 이집트 왕국
이 가장 왕성하던 제4 왕조 시대에 세워진 것들로, 그러니까 지금으로부터는
약 4천5백 년쯤 전 무렵에 된 것들이다. 케옵스 왕의 피라미드는 그 높이만도
1백37미터나 되며, 저변이 2백30미터로, 한 개의 돌 무게가 2톤 반짜리의 바윗
돌 2백3십만 개를 포개어 쌓아올린 것이다.

155

# 인도 떠돌이의 노래

집이라니요? 집이라니요?
하늘이 서러워서 비 내리는 날에는
절간에 지붕 밑에 그치면 되지,
집은 따로 하여서 무얼 하나요?

옷이라니요? 옷이라니요?
하늘옷은 바느질도 않는다는데,
구름처럼 두루두루 몽둥일 감는
'싸리' 한 장 있으면 고만입지요.

밥이라니요? 밥이라니요?
굶는 것이 먹는 것보다 많아야
마음이 캬랑캬랑 맑는 겁니다.
먹는 것은 한 숟갈! 굶는 것은 열 숟갈!

삶이라니요? 삶이라니요?
갠지스 강물이 안 마르고 흐르듯
영원히 하늘 함께 흐르면 되는 걸
아들딸 이어이어 흐르면 되는 걸.

# 간디 선생 기념박물관 유감

백 원짜리 우리 국산 파이로트 잉크병만한
다 말라붙은 잉크병이 하나,
다 닳은 펜이 한 자루,
그러고는
배고플 때 손수 빵 구워 자시던
쬐그만 철냄비 하나와
접시 몇 개,
물푸레나무 지팡이 하나와
몇십 년이나 신은 것일까
바닥이 다 닳은 샌들 한 켤레,
그리고 끝으로 남기신 것은
흉탄에 피 묻은
무명 '싸리'옷 한 벌뿐이더군요.
당신이 이 땅에 나서 살다가
이 땅에 남기신 전재산은…….
인도 유사 이래의
단 두 번째의 성인이시여!
'입은 양같이 생겼으면서?!'
당신을 쏜 흉탄 보고 마지막 하시던 말씀

아직도 하늘에 살아
귀에 쟁쟁합니다.

*뉴델리의 한쪽 귀퉁이에 있는 간디 선생 기념박물관에 있는 얼마 안 되는 유품
들의 수를 혹시 나는 한 가지쯤 더 보태 놓은 것만 같아 걱정이다. 그렇게 그것
들은 몇 가지 안 되는, 너무나 초라하기만 한 것들이었다.
내가 그를 '인도 유사 이래 단 두 번째 성인'이라고 한 까닭은 2,500년쯤 전에
이 나라에 네팔 출신의 성인 석가모니가 먼저 계셨음을 헤아리고서 한 소리다.

# 당산나무 밑 여자들

질마재 당산나무 밑 여자들은 처녀 때도 새각시 때도 한
창 장년에도 연애는 절대로 하지 않지만 나이 한 오십쯤
되어 인제 마악 늙으려 할 때면 연애를 아주 썩 잘한다는
이얘깁니다. 처녀 때는 친정 부모 하자는 대로, 시집가선
시부모가 하자는 대로, 그다음엔 또 남편이 하자는 대로,
진일 마른 일 다 해내노라고 겨를이 영 없어서 그리 된 일
일런지요? 남편보다도 그네들은 응뎅이도 훨씬 더 세어
서, 사십에서 오십 사이에는 남편들은 거의가 다 뇌점으
로 먼저 저승에 드시고, 비로소 한가해 오금을 펴면서 그
네들은 연애를 시작한다 합니다. 박푸접이네도 김서운니
네도 그건 두루 다 그렇지 않느냐구요. 인제는 방을 하
나 온통 맡아서 어른 노릇을 하며 동백기름도 한번 마음
껏 발라 보고 분粉 세수도 해 보고, 김서운니네는 나이는
올해 쉬흔하나지만 이 세상에 나서 처음으로 이뻐졌는데,
이른 새벽 그네 방에서 숨어 나오는 사내를 보면 새빨간
코피를 흘리기도 하더라구요. 집 뒤 당산의 무성한 암느
티나무 나이는 올해 칠백 살, 그 힘이 뻗쳐서 그런다는 것
이어요.

# 마지막 남은 것
-어느 조총련 성묘자의 한탄

내게
마지막 남은 것은
고향 산골 잔디 덮은
님의 무덤뿐.
그 무덤에 내리는
어둔 눈물뿐.

눈물 어린
눈에 배는
고향 하늘뿐.
아스라이 잊었던 이조 백자빛
푸르족족 삼삼한
고향 하늘뿐.

그 하늘 속
천리 만길 깊은 곳에서
소리없는 소리로 외쳐 오는
"어디 갔다 인제 오느냐?"
외쳐 오는,
피도 살도 다시 없는 님의 영혼뿐!